光文社文庫

文庫書下ろし／長編時代小説

慶応えびふらい

南蛮おたね夢料理㈨

倉阪鬼一郎

光　文　社

この作品は光文社文庫のために書下ろされました。

目次

第一章　船の行く手

一

「ずいぶんころころ元号が変わるね」

夢屋の一枚板の席で、常連の夏目与一郎が言った。

「このたびのは、書くのがいささか面倒そうですけど」

おかみのおたねが答えた。

「『慶應』だからね」

もとは町方の与力として鳴らした男が笑みを浮かべる。

「たしかに、書いてる途中で忘れそうですな」

虚空に筆を走らせるしぐさをしながら、ずんぐりした体つきの男が言った。

常連の平田平助(ひらたへいすけ)だ。小普請組(こぶしんぐみ)で暇なのをいいことに、よほどの冬場でなければ芝(しば)の海で得意の泳ぎを披露(ひろう)している。与力の頃に水練を身につけた夏目与一郎とは泳ぎ仲間だ。

「おいらなんか、当分憶(おぼ)えられねえや」

持ち帰り場から太助(たすけ)が言った。

「並びの寺子屋に通い直してきな、太助」

まかないの支度をしながら、女料理人のおりきが言った。

「せがれとおんなじ寺子屋に通ってるおとっつぁんがいたら、いい物笑いだぜ」

太助がそう言い返したから、夢屋に笑いがわいた。

息子の春吉(はるきち)は、ちょうどいま寺子屋で学んでいる。

「それにしても、春ちゃんとうちのおかなが一緒に寺子屋へ行くようになるなんて、ちょっと前まで考えもしなかったわ」

おたねがしみじみと言った。

「子が育つのは早いものだからね」

夏目与一郎が言う。

「ほんと、ついこないだまで太助のおしめを替えてたような気がするんだけど」

葱(ねぎ)を刻みながらおりきが言う。

「よしとくれよ、おっかさん」

太助が本当に嫌そうな顔で答えたから、夢屋に笑いがわいた。

二

芝伊皿子坂（いさらござか）のなかほどに夢屋はある。

夢屋ののれんは明るい萌黄色（もえぎいろ）だ。それなりに難儀な坂を上っていくと、思わずほっとする灯（あか）りのようなのれんが見える。

夢屋の造りは一風変わっている。見世（みせ）の入口の並びに持ち帰り場があり、海老（えび）や甘藷（かんしょ）やはんぺんなどの串をあきなっている。持ち帰って食べることも、坂に向かって置かれた長（なが）床几（しょうぎ）に腰かけてゆっくり食すこともできる。甘だれと辛だれ、二種を好みでつけられるのも重宝で、仕込んだ具が余ることはまずなかった。

見世は存外に奥行きがあり、一枚板の席と小上がりの座敷に分かれている。一枚板が据えられているのは厨（くりや）の前だ。ここに陣取れば、女料理人のおりきがつくるできたての料理を味わうこともできる。いろいろと話をしながら待つこともできるから、常連はまずここに座る。

風変わりなのは、坂に沿って立つ建物の下手の半分が料理屋、上手の半分が寺子屋になっていることだった。

夢屋で料理を味わっていると、棟続きの寺子屋のほうから、わらべたちの元気のいい素読の声が響いてきたりする。

寺子屋の師範をつとめているのは、おたねの夫の光武誠之助だ。かつては弟子の坂井聡樹が手伝っていたのだが、異人を相手に活きた語学を学びたいという希望があり、夢屋の横浜の出見世を受け持つことになった。そちらは持ち帰り場だけの小体な構えだ。

いまは金杉橋の薬種問屋、大黒堂の跡取り息子の政太郎が手伝っている。こちらも誠之助の弟子で、妹のおすみは夢屋の中食の手伝いもしていた。

寺子屋が終わると、伊皿子坂にわらべたちの明るい声が響く。つとめを終えた誠之助と政太郎はまかないを食べに寄るのが習いだ。

おりきが葱を刻んでいるのは、まかないの焼き飯の具にするためだった。ほかの具はその日によって替わるが、葱と玉子は欠かせない。

玉子は貴重な品だが、夢屋には白金村の杉造という男が生みたての玉子を毎日入れてくれる。杉造からは鶏肉やガラも手に入るから、よそより使える食材は多かった。

常連の夏目与一郎は道楽の畑仕事でだいぶ前から甘藍を育てている。いまのキャベツだ。

初めのうちはどうにも芳しからぬ味だったが、だんだんにましになり、調理法もさまざまに編み出されてきた。甘藍の軸のところを細かく刻めば、焼き飯の具にもなる。

「おっ、終わったね」

その夏目与一郎が顔を上げた。

坂の上手のほうから、わらべたちのにぎやかな声が響いてきた。

三

「ちょっと見ていてね」

およしにそう言い残すと、おたねは外へ迎えに出た。

なにぶんおかなは初めての手習いだ。忘れ物がないようにいくたびもたしかめ、一緒に行く春吉にも声をかけておいたが、無事に終えられたか、泣きはしなかったかと案じられた。

「あっ、おばちゃん」

春吉が先に声をかけた。

そのうしろから、まだ五つのおかなも袋を提げてとことこと下りてきた。

おたねはほっとした。初めて手習いに行った娘は笑っていた。

「ありがとう、春ちゃん」

つれていってくれた春吉の労をねぎらってから、おたねはおかなのもとへ行った。

「どうだった？」

「うん、楽しかった」

娘ははきはきと答えた。

ほかのわらべの相手をしていた誠之助がおたねのほうを見た。

「臆せず素読にもついてきたぞ。なかなか大物だ」

誠之助は笑みを浮かべた。

「そう。それはよかったわね」

おたねは娘の頭に手をやった。

ほかのわらべの相手は政太郎に任せ、三人で帰る。

もっとも、少し歩けばもう夢屋だ。

「おかなちゃん、お疲れさま」

持ち帰り場からおよしが声をかけた。

「偉かったな」

太助が白い歯を見せる。

そこへわっとわらべたちが集まってきた。

「おいちゃん、串」

「串だけじゃ分からねえぞ」

「海老を甘いので一本」

「おいらは甘藷を一本ずつ」

「おいらは……」

「いっぺんに言われても分からねえって。ちゃんと並んで一人ずつ言いな」

太助が声を張りあげた。

そのあいだに、おたねはおかなをつれて夢屋ののれんをくぐった。

「ただいま」

おかながまずあいさつした。

「おお、偉かったね」

夏目与一郎が笑顔で出迎える。

「いい顔をしておるな」

平田平助も笑みを浮かべる。

った。

中に帳面や筆などを入れる袋は、古くなったのれんを使って、おたねが心をこめてつくった。

いや、まだそんなに古びてはいなかったのだが、思い切って新しくしたのだ。

色合いは同じ明るい萌黄色だ。日の光を浴びると悦(よろこ)ばしく輝くこの色を、おたねはことのほか好んでいた。

のれんには「ゆめ」と染め抜かれている。

夢屋の「ゆめ」だが、その名にはさらに由来があった。

いま初めての寺子屋から帰ってきて、お茶をふうふうしながら呑みはじめたおかな。あっという間に五つになった娘。

おかなには、おゆめという姉がいた。

しかし、姉の顔をおかなは知らない。

おかなが生まれたとき、姉はもうこの世にいなかった。

「心細くなかったかい？」

おりきが問うた。

「うん」

おかなは元気よく答えて、のれんと同じ色の袋をかざした。

四

おゆめはたった三つでこの世を去った。

安政(あんせい)二年（一八五五）の十月、江戸の町を襲った地震の犠牲になったのだ。家の倒壊によるものではない。その後に起きた火事の煙に巻かれてしまったのだ。その死に顔は、まるで眠っているかのようだった。

夢のように駆け足で去っていったおゆめは利発な子だった。

まだ三つなのに、大きくなったら医者になってたくさんの人を救うと言ってみなを驚かせた。

その姉の血を、おかなはどうやら継いでいるようだ。昨年、これまた夢のようにこの世を早足で去ってしまった万能の天才、佐久間(さくま)象山(しょうざん)が夢屋を訪れたとき、先々何になりたいかと問われたおかなは「お医者さま」と答えた。

おかなが順調に育ってくれているから、そこにおゆめの面影を重ね合わせることはできる。かつてのような胸を刺すような悲しみは遠のいた。

夢屋の「夢」はおゆめの「ゆめ」だ。

駆け足で去ってしまった娘は、見世の名になり、のれんになって、光と風を感じながら永遠に生きる。

そんな思いをこめて、おたねは萌黄色ののれんをいくたびも新調してきた。

古いのれんを捨てることは決してない。風呂敷や手ぬぐい、あるいはつまみかんざしなどに仕立て直し、できうるかぎり使っている。

このたびは、初めて寺子屋へ通うおかなのために、ていねいに時をかけて袋を縫った。

古いのれんは形を変え、おかなの学びの道具を入れる袋となった。

遠目で見ると、姉妹が仲良く並んで、寺子屋へ通っているようにも見えた。見守るおたねの目がうるんでいたから、なおさらそう見えた。

おたねは真新しいのれんのほうを見た。

ゆめ、と染め抜かれたのれんが、風を受けて、ふる、と揺れる。

(かなちゃんを見守っていてあげてね、ゆめちゃん)

いまもここへ訪れてくれているかのような娘に向かって、おたねは心の内で言った。

五

「案じるまでもなかったな」

誠之助がおたねに言った。

「みなと一緒に元気に声を出していました」

手伝っている政太郎が白い歯を見せる。

「そう、それは良かった」

おたねも笑みを浮かべた。

寺子屋から戻ってきたばかりのおかなは疲れも見せず、座敷で猫たちに紐を振って遊んでいる。

母親がさちで、せがれがふじ。ともに目が青く、しっぽだけ縞（しま）の入った白猫だ。夢屋の看板猫として客にもかわいがられている。

「はい、上がったよ、焼き飯」

厨でおりきのいい声が響いた。

「ああ、腹の虫がないたぞ」

平田平助が帯をぽんとたたく。

「われらは先生方のあとでいいからね」

夏目与一郎が笑った。

ぱらぱらの焼き飯は、夢屋の隠れた名物料理だ。具は日によって替わるが、たいてい入るものもある。玉子に葱、蒲鉾（かまぼこ）、それに、刻んだ甘藍（かんらん）の軸というのが夢屋らしいところだった。

いまはキャベツと呼ばれている甘藍は、当時はまだいたって珍しい野菜だった。観賞用がもっぱらで、食用としてはいま一つだった甘藍を苦労して育て、どうにか食べられるように工夫した者はこの時代にいくたりかいたが、夏目与一郎と夢屋の人々もそのなかに含まれる。

初めのうちはしくじりばかりだったが、ごわごわした外のほうは酢漬けにするくらいで、ほかのやわらかいところを蒸したり焼いたりしているうちに、いつしか甘藍を使った料理が増えるようになってきた。硬い軸のほうも、刻んで焼き飯の具にすれば、甘みが出てうまい。

「では、お先にいただきます」

政太郎が折り目正しく言った。

「ああ、待ちかねた」

誠之助も続く。

少し遅れて、夏目与一郎と平田平助の分もできた。

「今日は胡麻も振ってあるね」

もと与力が笑みを浮かべる。

「まあ、その日の気分で」

女料理人が笑った。

「このあいだの梅おかか焼き飯はうまかったね」

夏目与一郎が言った。

「ありゃ、つくるのがちょいと手間でしてね、四目先生」

おりきが言う。

もと与力の隠居は、岡目八目をもじった海目四目という雅号の狂歌師でもある。すぐ笑いを取る芸は下品で、三日後くらいにふっと思い出し笑いをするような狂歌を最上としている。そういう分かりにくい芸風だから、間違っても江戸じゅうに名がとどろいたりはしていない。

「おいらもちょっと食ったけど、ありゃうめえな」

持ち帰り場に群がっていたわらべたちをようやくさばき終えた太助が言った。

「まかないにはもったいないですよ」

およしも言う。

「なら、今度は銭を取ろうかね、おたねさん」

おりきが水を向けた。

「ええ。梅干しがたくさん入れば、数をかぎった中食でもいけると思いますよ」

おたねは太鼓判を捺(お)した。

梅おかか焼き飯は、普通の焼き飯とはひと味違う。

梅干しの種を取り出し、梅肉だけを包丁でよくたたいて細かくする。これを醤油でのばして小鉢に入れておく。

もう一つ用意するのは削り節だ。鰹節(かつおぶし)を削って仕上げに備える。

途中までは普通の焼き飯のつくり方と同じでいい。ただし、梅肉の塩気があるから、塩胡椒(こしょう)は浅めにしておく。

あらかじめ飯に溶き玉子をからめておき、玉子が固まってきたら塩胡椒で味つけし、醤油でのばした梅肉を投じ入れる。むらが出ないように菜箸(さいばし)でまんべんなく行きわたらせ、飯がぱらぱらになるまで鍋を振る。

仕上げは削り節だ。焼き飯にわっと投じ入れ、なじんで姿が小さくなれば、ひと味違う梅おかか焼き飯ができあがる。

「今日のも胡麻の香りがしてうまい」

平田平助が笑みを浮かべた。

「仕上げに胡麻油を回しかけてますんで」

厨からおりきが言う。

「けんちん汁などもそうだが、胡麻油はいい仕事をするね」

誠之助はそう言って、また焼き飯を胃の腑(ふ)に落とした。

ほどなく、また常連がいくたりかのれんをくぐってきた。

伊皿子焼の陶工衆だ。

「これ、いつもの、しくじり」

窯元(かまもと)の明珍(みようちん)が藤色の風呂敷包みを差し出した。

宗匠帽(そうしようぼう)に柳色の道服(どうふく)、ひときわ目立つ鯰髭(なまずひげ)、遠くからでもそれと分かる面妖(めんよう)ないでたちだ。

「それだと、しくじりをつくってるみたいですよ、かしら」

「おれらは陶工なんだから」

職人たちが口々に言う。

「そうよ、しくじりつくるの、つとめみたいなもんね。いいもの、ほんの少し」

明珍は指で「少し」を示した。

父が清国の人で、その言葉を聞いて育ったから、独特の息が入ったしゃべり方になる。

「いつもありがたく存じます。今日はおかなが初めて寺子屋に行った日なので、いい記念になります」

おたねがていねいに包みを受け取った。

「へえ、そうなんだ」

「ええな、おかなちゃん」

「うちの子なんて、尻をたたかなきゃ行きゃしなかった」

陶工衆が猫じゃらしを振る手を止めたおかなをほめた。

「見てもよろしいですか？」

おたねが問う。

「どうぞ」

座敷に腰を下ろした明珍が身ぶりで示した。

「まあ、きれい」

おたねは思わず瞬きをした。

山吹色が美しい色絵の皿が現れたのだ。

端のほうには梅に鶯もあしらわれている。それもいたってかわいい仕上がりだった。

「これのどこがしくじりなんです？」

覗きこんだ誠之助がいぶかしそうにたずねた。

「山吹が、いま少し、品がないね」

明珍が首を横に振った。

「とても美しく見えますけど。ただでいただくのは申し訳ないくらいで」

おたねは言った。

「そのあたりが、かしらのこだわりで」

「おれらがどう言っても聞きませんや」

陶工衆が匙を投げたように言った。

「じゃあ、これはかなちゃんのお皿だから、何かお祝い事があったら使おうね」

おたねは娘に言った。

「うんっ」

おかなは元気のいい返事をした。

六

座敷の客には甘藍の蒸し物が出た。

以前は大ざっぱな丸蒸しなども供していたが、このたびは新たな工夫をしてみた。おたねの思いつきで、甘藍の葉を一枚ずつはがして軸の硬いところを切り、食べやすい大きさにして蒸籠で蒸すことにしたのだ。蒸しあがった甘藍は酢醤油で食べる。

「うん、おいしいね」

明珍が言った。

「手塩にかけて育てたわが子が、いい衣装を着せてもらったようなものだね」

育ての親の夏目与一郎が言う。

「甘藍のような歴史の浅い野菜は、まだまだあまたの調理法があるでしょうから」

誠之助が言った。

「横浜のほうでも、いろいろと新たな野菜をつくりはじめたそうですね」

政太郎が言う。

「そうだな。またいずれ見に行きたいものだ」

誠之助はそう言って、一枚板の席にも出た甘藍の蒸し物に箸を伸ばした。

「甘藍だけじゃなくて、人参や甘藷も蒸すだけでおいしそう」

おたねが言った。

「甘みのあるものを蒸せば、さっと塩を振るだけでおいしいからね」

厨でおりきが笑みを浮かべた。

「でも、うめえが、甘藍ばっかりだとよう」

「四目先生の前だが、ちょいと物足りねえかもしれねえな」

「海老とか、まだあるかい」

陶工の一人が持ち帰り場の太助にたずねた。

「おう、あるよ。しの字だってできるぜ」

太助が少し声をひそめて答えた。

「なら、しの字で食いてえな」

「おいらも」

次々に手が挙がった。

「しの字は割高になりますが、ようございますね？」

おたねが念を押す。

「また、気張ってもらうから、いいよ。わたしも、もらう」

窯元の明珍のお許しが出た。

「なら、残りの海老の串は、しの字で」

太助が持ち帰り場から厨へ串を運んだ。

「はいよ」

母のおりきが受け取る。

しの字、とは、このところ夢屋で用いられるようになった隠語だ。

佐久間象山が考案した象山揚げを指す。象山の「し」の字だ。

横浜の堅パンを砕いて揚げ物の衣にした料理で、さくさくした歯ざわりはほかでは味わえない。この衣を使うと、持ち帰り場で供されている串の揚げ物がことに香ばしくなる。

パン粉にはかぎりがあるし、かねてよりにらまれている南蛮嫌いの同心から「まかりならぬ」と難癖をつけられてしまったからおおっぴらには出せないが、夢屋の常連のあいだで「しの字」はひそかに食されていた。

おたねは座敷のほうを見た。

おかなは陶工衆に手遊びをしてもらって上機嫌だ。

でも……。

おたねは感慨を催した。

娘がいま楽しそうにしているところ、そこにはかつてお忍びで夢屋を訪れた佐久間象山が座っていた。

その象山先生は、もうこの世にいない。

万能の天才、佐久間象山が非業の死を遂げてから、いつしか九か月が経った。

七

元治元年（一八六四）七月十一日、京の木屋町で佐久間象山は凶刃に斃れた。

頑迷な尊王攘夷派にとって、公武合体を進める開国派の象山は除くべき者だった。横浜の今日につながる恩人でもあった開国派とはいえ、象山は厳密に言えば開国攘夷派だった。

列強と日本とのあいだには、大いなる国力の差がある。まずは諸外国の技術を学び、それに比肩もしくは凌駕する国力をつけ、ゆくゆくは列強の一角に割って入らんという先々を見据えた開国派だった。

しかし、攘夷に視野が狭くなった血気盛んな者たちには、そのような深謀遠慮など見えない。開国派討つべしと血気にはやる一方だった。

象山の身内や門人たちは、身辺に気をつけるようにといくたびも忠告した。しかし、尊大なところが玉に疵の象山は意に介さず、白馬に洋式の鞍を置いて派手ないでたちで闊歩したりしていた。

これがさらに攘夷派の怒りを募らせた。

そして、非業の死につながったのだった。


「これを食すたびに、惜しい人を亡くしたと思うね。お弟子さんなら、なおさらだと思うけれど」

甘藷の象山揚げを食しながら、夏目与一郎が言った。

「象山先生がご存命なら、あれもこれも世に行われていたかもしれないと、十年二十年先も思うことでしょう」

弟子の誠之助がしみじみと言った。

「十年二十年先はどうなっておりましょう」

政太郎がたずねた。

「それはおいらも聞きてえな」

「んなこと、だれにも分からねえって」

座敷の陶工衆が言う。

「安政があんなに災い続きだって端(はな)から分かってたら、おいらだけべつの世に行ってたぜ」

一人がそんな勝手なことを口走ったから、夢屋の座敷に笑いがわいた。

「だれも端から分からないいんだよ」

夏目与一郎が言った。

「そりゃ、分かったら苦労はしませんな」

平田平助が象山揚げを食べ終え、指についたたれをなめた。

「江戸じゅう、いや、この世の中じゅうの人が、ものすごく大きな船に乗っているようなものだろう。船がどこへ進んでいくのか、その行く手を見極めることは、船に乗っている者にはできないんだ」

もと与力の狂歌師は含蓄のあることを言った。

「船の行く手は見えないと……」

おたねは半ば独りごちるように言うと、また猫じゃらしを振りはじめたおかなのほうを見た。

十年二十年先の世の中がどうなっているかは分からない。船の行く手は見えない。

それでも、この子をしっかりと育てて、行く末を見守ってあげなければ。
おたねは改めてそう思った。

第二章　慶応元年のペール・エール

一

「あまりにも額が大きすぎると、頭がぼおっとするわね、お父さん」

おたねが志田玄斎（しだげんさい）に言った。

さほど遠からぬ魚籃坂上（ぎょらんざかうえ）の三田台裏町（みただいうらまち）で診療所を開いている。妻の津女（つめ）も同じ本道（ほんどう）（内科）の医者で、弟子の玄気（げんき）もいるから、たまにふらりと夢屋ののれんをくぐってくる。娘のおたねの見世がどうか心配だから様子を見に行くという名分だが、なに、本当は孫のおかなの顔を見たい一心で足を運んでいるらしい。

「三万両だからな。桁が違うよ」

玄斎はそう言って茶でのどをうるおした。

「あるところにはあるもんですな」

その隣には、もと駕籠屋の善兵衛が陣取っている。こちらは枡酒だ。若い頃は評判の美男で、錦絵にもなったというのが自慢だ。髷はずいぶんと白くなったが、その片鱗と色気はまだそこはかとなく残っている。女房の進言で駕籠屋から早めに足を洗って長屋を買った。そちらは息子の善造に譲っていまは楽隠居だ。

「わたしらだったら三両だって無理ですがね」

厨からおりきが言う。

「おっかさんが三両出したらひっくり返るよ」

持ち帰り場の太助がすかさず言った。

「おれらにもほどこしをしてくれねえかな」

「三両とは言わねえからよ」

「お上のお達しだからぽんと三万両出したんで。おれらにゃ関わりのねえ話さ」

小上がりの座敷に陣取った櫛づくりの職人衆が言った。

木曽の藪原宿特産のお六櫛をつくってあきなっている於六屋の面々だ。災い続きの安政にはコロリも流行った。それにいくたりかやられて見世じまいも考えたほどだったが、いまは新たな職人も入れて盛り返している。

いま話題になっているのは、長州征伐の献金だった。

幕府は長州（萩藩）の追討を決め、将軍家茂自らが江戸を発った。萩藩のほうも討幕を藩是と正式に定めたから、慶応はいきなり不穏な幕開けになった。

長州まで遠征して討伐するためには、莫大な費用がかかる。そこで、江戸、大坂、さらに幕領の町人たちに幕府は献金を求めた。

江戸の豪商たちはそれぞれに名乗りをあげたが、一人だけ桁違いの献金をした者がいた。三井家の八代目当主、三井八郎右衛門だ。

なにしろ、ほかの豪商は多くとも一万五千両なのに、その倍の三万両を献金したのだから江戸じゅうの話題になった。

「そうやって、出すべきときにぽんと出すのが成功する人なのかもしれないね」

寺子屋へ行っている孫を待ちながら、玄斎が言った。

「なら、わたしらは駄目ですね」

おりきが言う。

「おいらだってふるまうときはふるまうぜ」

太助が言う。

「おまえのふるまいは、串が余りそうなときだけじゃないか」

おりきがすかさず言った。

「はは、見抜かれてら」

「それじゃ出世しねえぜ」

於六屋の面々が笑う。

「おっ」

玄斎が湯呑みを置いて立ち上がった。

「終わったわね」

おたねが言った。

孫の顔を見るために、玄斎はいそいそと表に出ていった。

その姿をおたねとおりきが笑みを浮かべて見送る。

「じいじ！」

ややあって、おかなが寺子屋のほうから駆け寄ってきた。

「おお、えらいぞ」

玄斎は満面の笑みで孫を迎えた。

二

翌日の中食は鰹の手こね寿司膳だった。

甘藍などの風変わりな素材を使った料理も出すが、まっすぐなものも出る。

値が落ち着いてきた鰹をづけにして寿司飯の上にちらし、もみ海苔や青紫蘇のせん切りや白胡麻などを振りかけるとことのほかうまい。もとは漁師のまかない料理だが、汁と青菜の小鉢を添えると、華のある膳となる。

「こりゃうめえな」

「今日は来て良かったぜ」

そろいの半纏の大工衆が笑みを浮かべた。

夢屋の中食は数をかぎって出すから、出遅れるとありつけなくなってしまう。一日に出す数をかぎれば余ることがないし、お客さんは売り切れぬうちにとのれんをくぐってくれる。中食と持ち帰り場の串と、変わったものも出る二幕目の肴。その三つがうまく回って、夢屋は激動の幕末の海をいまのところはうまく渡っていた。

その二幕目に、しばらく顔を見せていなかった常連が連れ立ってやってきた。

「あ、蘭ちゃん」

持ち帰り場で串を揚げていた太助が真っ先に気づいて言った。

「ご無沙汰で」

つややかな総髪の画家が手を挙げた。

杉田蘭丸だ。秋田蘭画の礎を築いた小田野直武が祖父だから、一本太い筋の通った家系の画家だ。富士を描いた絵や硝子絵などは横浜の居留地の外国人たちに人気を博している。

「ご無沙汰しておりました」

続いて入ってきたのは、雛屋の佐市だった。

雛人形屋みたいな屋号だが、ぎやまん、唐物、眼鏡など、さまざまな品を手広く扱っている。芝神明の本店ばかりでなく、横浜の出見世もなかなかの繁盛ぶりで、蘭丸の後ろ盾でもあった。

「横浜土産です」

「やっぱりこれがいちばんでしょうから」

横浜から来た二人の常連の声がそろった。

「まあ、堅パンですね。ありがとうございます」

おたねの表情がぱっと明るくなった。

「これで当分また、しの字ができるね」

一枚板の席に陣取った夏目与一郎が言った。

「堅パンを粉にしないと、しの字にならないから」

厨で手を動かしながらおりきも言う。

「それから、もう一つ、横浜土産を持ってきたんですが……」

嚢を背負った蘭丸があたりの様子をうかがった。

「人目につくとまずいかもしれないから、座敷で」

佐市が小上がりの座敷を手で示した。

「まずいものなんですか？」

おたねが声をひそめた。

「南蛮嫌いの役人などに見つかったら大変なので」

と、蘭丸。

「なら、おいらが目を光らせてるよ。来たらすぐ言うから」

太助が軽く請け合った。

そのうち、坂の上手からわらべたちのにぎやかな声が響いてきた。寺子屋が終わったのだ。

「誠之助さんたちも見たいでしょうから」

おたねが小声で言った。

「じゃあ、まかないが終わってからにしましょう」

蘭丸は笑みを浮かべた。

ややあって、春吉とおかなが戻ってきた。ほかのわらべも串を所望するからにぎやかだ。

追いかけまわされたさちとふじがあわてて家の奥へ逃げこむ。

ほどなく、誠之助と政太郎も戻ってきた。

「いい横浜土産があるそうなんですよ」

おたねが二人に告げた。

「五月に開いたばかりの見世で仕入れてまいりましてね」

雛屋のあるじが言った。

「すると、あきない物で?」

誠之助がたずねた。

「いやいや、江戸でこんなものをあきなったら大変なことになります」

佐市はあわてて手を振った。

「ここだけのお土産ということで」

蘭丸が声を落とした。

「では、まずはまかないを食べてから」

誠之助が箸を取った。

今日のまかないは焼きうどんだ。まかないと言っても、二幕目の客にも供するべく打ったもので、なかなかの仕上がりだった。

具は炒めるとうまい甘藍と葱ともやし。それに、白金村の杉造が毎朝届けてくれる玉子まで入っている。仕上げに削り節ともみ海苔を振った、ずいぶんと華のあるまかないだった。

「ああ、おいしい」

政太郎が先に言った。

「味付けもちょうどいいね」

誠之助が笑みを浮かべた。

「醬油に煮切った味醂を多めに加えてみたんで」

厨のおりきが笑う。

「削り節と相まって、とてもおいしいです」

政太郎が満足げに言った。

今日は中食の手伝いのおすみもまだ夢屋に残っていた。おすみにもまかないがふるまわれる。

「どうだい?」

政太郎が妹に訊いた。

「まかないだともったいないくらいです」

おすみは笑みを浮かべた。

寺子屋から帰ってきたおかなは、母のおたねに手習いを見せていた。

ゆめ

おかなは姉の名をしたためていた。どちらもいささかゆがんではいるが、そこはご愛敬だ。

「よく書けたわね、かなちゃん」

おたねは感慨深げにその字を見た。

「これからもっとたくさん字を覚えるようになるね」

総髪の画家が言った。

「うん」

おかなは笑顔でうなずいた。

「おかなちゃん、おいらより日の本(ひのもと)の国の名を知ってるんだぜ。若狭(わかさ)とか」

一緒に通っている春吉が言った。

「そりゃ、おめえのほうが物を知らねえんだよ」

父の太助が言った。

「なら、おまえは若狭がどこにあるか知ってるのかい」

おりきが問う。

「そりゃあ……海のはただ」

「日の本の国はたいてい海のはただよ」

「んなことはねえさ、甲斐(かい)とか山ん中だぜ」

そんな調子でしばらく親子の掛け合いが続き、夢屋に和気が満ちた。

ほどなくまかないが終わり、いよいよ横浜土産の披露という段になって、夏目与一郎がふらりとのれんをくぐってきた。

「匂いをかぎつけたみたいな現れ方ですね、四目先生」

雛屋の佐市が笑った。

「何の匂いだい？」

もと与力の狂歌師が問う。

「横浜土産ですよ。いまお出しします」

杉田蘭丸はそう言って、嚢の口を開けた。

三

「まあ、これは……」

おたねは目を瞠（みは）った。

蘭丸が取り出した瓶（びん）のようなものにはきれいな紙が貼られ、いささか面妖な異国の文字が記されていた。

BASS
△
PALE

「バースのペール・エール、か」

誠之助がその一部を読む。

「何のことです？　おまえさま」

おたねがたずねた。

誠之助は首をかしげると、蘭丸のほうを見た。

「これは……ビアか？」

そう問う。

「当たりです」

横浜で人気の画家は笑みを浮かべた。

「そりゃ、あきなうわけにはいかないわね」

おたねはそう言って、思わず周りを見た。

夢屋の仇敵とも言うべき南蛮嫌いの野不二均蔵同心が見たら、いったいどう言うだろうと思ったのだ。

「大丈夫ですよ。見張ってますから」

それと察して、太助が言った。

「今月の一日、居留地にビア・アンド・コンサートホールという見世が開いたんです。おもに英国人で大盛況で」

佐市が伝えた。

「なるほど。そこで出している酒なんだね」

夏目与一郎が言う。

「ええ。ちょっと苦いので、お口に合うかどうか分からないんですが、土産に二本買ってきました」

雛屋のあるじが言った。

英国産のバース社の輸入ビールだった。
△は同社のトレードマークで、当時の横浜の居留地では最もポピュラーだった。ホップの香りが高い英国伝統のビールで、銅色に近い金色をしている。
「この蓋はどうやって開けるんです？」

おたねがたずねた。

「いいものがあるんです」

蘭丸はそう答えると、嚢から面妖な形のものを取り出した。

「それで開けるのかい」

誠之助が問う。

「ええ。人がやるのを見てましたから」

と、蘭丸。

「何か注ぎ分ける器がありましたら」

佐市がおたねに言った。

「どういうものがよろしいでしょう」

「ぎやまん物がいいかもしれませんね。外国人は縦に長くて深い器で呑んでいたりしていました。まあ、なければ普通の汁椀でいいでしょう」

雛屋は言った。

夢屋にもぎやまんの器はあるが、ビアを呑むのに適したものはあいにく見つからなかった。そこで、朱塗りの汁椀が用意され、支度が整った。

「では、栓を抜きます」

蘭丸が引き締まった顔つきで言った。

みなのまなざしが画家の手元に集まる。

「……ん、こうか？」

道具の扱い方にややとまどっていたが、やっと定まった。

「抜きます」

次の刹那（せつな）、ぽんという音が響いた。

「うわっ」

おたねは思わず声をあげた。

泡とともに中身が少しあふれたのだ。

「ああ、驚いた」

夏目与一郎が胸に手を当てる。

「どうやら収まったようだな」

誠之助がほっとしたように言った。

あふれたせいもあって、三つの汁椀に分けると一本目はすぐなくなってしまった。

「なら、お毒味を」

おたねが戯（ざ）れ言（ごと）めかして誠之助に言った。

「毒ではなかろう」

おのれに言い聞かせるように言うと、誠之助は椀に口をつけた。

何とも言えない表情になる。

誠之助はその椀を、黙って政太郎に渡した。

「いただきます」

続いて呑んだ政太郎もにわかにあいまいな顔つきになった。

「どう？」

おすみが問う。

「おまえは呑まないほうがいいな」

兄は妹に言った。

ほかの汁椀も順々に回っていった。

「うへえ」

太助は露骨に顔をしかめた。

「わたしはよしとくよ」

おりきがあわてて言う。

「わたしも」

およしも及び腰で言った。

　英吉利(いぎりす)の香り伝へるビアひと口呑めば饅頭(まんじゅう)恋しくなるなり

海目四目が即興で狂歌を詠む。

「ほんとですね、四目先生」

誠之助がすぐさま同意した。

「なら、肝だめしに……」

おたねが最後に口をつけた。

呑み干す。

「どう？　お母さま」

おかなが無邪気にたずねた。

おたねは思わずむせた。

「大丈夫か？」

誠之助が気遣う。

おたねはうなずいて、のどの具合を調えてから言った。

「やっぱり熱いお茶とお饅頭がいいわね」

どこからも異論は出なかった。

四

残りの一本は、物置きの奥のほうにしまっておくことにした。

「象山先生がいらしたら、喜んで召し上がっただろうがね」

誠之助がいくらか寂しげに言った。

「また福沢さまなどが見えたら、お出ししましょう」

おたねが言った。

常連というわけではないが、福沢諭吉もいくたびか夢屋ののれんをくぐったことがある。象山とは夢屋の座敷でしきりに談論風発していたものだ。

「そうだな。あの御仁なら喜んで呑みそうだ」

誠之助は笑みを浮かべた。

慶応元年には閏の五月があった。その月もそろそろ終わりという日の二幕目、誠之助と政太郎がまかないの焼き飯を食べていると、珍しい客がふらりとのれんをくぐってきた。

「おや、新右衛門どの」

誠之助が真っ先に気づいて言った。

「まあ、武部さま、ご無沙汰で」

おたねが笑みを浮かべた。

夢屋に入ってきたのは、同門の武家の武部新右衛門だった。象山亡きあとも、諸国に散らばっている門人たちのもとを訪ね、世の動きをいち早く察して伝えてくれるからありがたい。

「上方から横浜へ寄ってから江戸に来たんですわ」

近江出身の武家は上方訛りで言った。

「ほう、横浜に」

誠之助が残りの焼き飯をかきこんで匙を置いた。

「ここの出見世にも寄ってみましたで。なかなかの繁盛ぶりでした」

新右衛門はそう言って笑った。

「ああ、それは何より」

と、おたね。

「聡樹さんも気張ってるんだね」

厨のおりきも笑みを浮かべる。

「砕いた堅パンを揚げ粉に使った象山揚げが美味でしたわ。異国の人も、ショウザン、ワン、ショウザン、ツーとか言うて注文してました」
武部新右衛門は指を立てる身ぶりをまじえて言った。

「ここでは象山揚げを大っぴらには出せないんですよ、武部さま」

おたねがあいまいな表情で言った。

「いかなるわけで？」

新右衛門は不審げな顔つきになった。

「象山先生は敵に後ろを見せたという言いがかりをつけられ、武士にあるまじき最期だということで佐久間家の家屋敷は没収されてしまった。そのような人物の名をつけるとはまかりならぬと江戸でいちばん頭の固い同心に言われてしまってな」

誠之助は吐き捨てるように言った。

「それは無体な。松代(まつしろ)藩の仕打ちのほうが理不尽で、どう考えても人の道から外れてるのに」

同門の武家が色をなした。

「そうなんですけど、横浜の出見世では出してもいい代わりに、ここでは象山揚げは出さないことにしてしまったものですから」

おたねが言った。

「二度と象山揚げを出したりしたら、ただちに夢屋ののれんを取り上げるゆえ、さよう心得よ」

野不二同心はそんな捨て台詞を吐いて出ていったものだ。

「でも、ひそかに出してたりするんですがね。『しの字』っていう言い方で」

太助が持ち帰り場から言った。

「なるほど、象山の『し』の字か」

新右衛門はうなずいた。

「まだできますが、おつくりしましょうか」

おりきが言った。

持ち帰り場では出せないので、象山揚げだけは厨でつくる。

「ああ、ほな、食してみたいな」

新右衛門はすぐさま言った。

海老と甘藷の象山揚げを一本ずつ揚げることになった。

「こんにちは」

奥にいたおかながあいさつに出てきた。

「おお、大っきなったなあ」

新右衛門が目を細めた。

「お父さまの寺子屋にも気張って通ってるんですよ」

おたねが言う。

「偉いのう。末は医者になるんだったな」

「はい。象山先生にそう約しましたから」

おかなはしっかりした口調で答えた。

「栴檀は双葉より芳し、や。さぞや立派な女医者になるやろう。偉いもんやなあ」

新右衛門がおかなを持ち上げているうち、象山揚げができあがった。

「はい、しの字でございます。たれはいかがいたしましょう」

おたねが声をひそめて皿を渡した。

「海老は甘だれ、甘藷は辛だれで」

新右衛門が答える。

およしがすぐさま小皿を運んできた。瓢簞を割ったようなかたちで、「あま」「から」と記されているからひと目で分かる。串をこれにつけて食せばいい。

「うーん、美味やのう、おかみ」

海老の串をほおばった新右衛門は相好を崩した。

「江戸でももっと多くの方に召し上がっていただければと思うんですがねえ」

と、おたね。

「ほな、象山揚げが江戸では使えぬのなら、何かべつの名前にしたらええのとちゃうやろか」

新右衛門が言った。

「なるほど、べつの名か」

誠之助がうなずく。

「横文字の字引はあるやろ？　そこから適当な名をこしらえたらええと思う」

新右衛門はそう言うと、残りの串をうまそうにほおばった。

「でも、また南蛮嫌いのお役人に文句を言われてしまうかもしれません」

おたねはいくらか眉根を寄せた。

「文句を言われんような名を考えたらええんや、おかみ」

新右衛門は軽く言った。

「なら、今夜から字引をあらためてみよう。象山先生ならこうお考えになっただろうと思い巡らしながら」

誠之助の表情が引き締まった。

「下りてきてくださるかもしれないわね」

おたねはそう言って、そっと指を上に向けた。

第三章　不頼膳

一

「目を悪くされますよ、おまえさま」

床の中から、おたねが声をかけた。

「ああ、音が気になるかい」

字引をめくる手を止めて、誠之助はたずねた。

「いえ、そんなことはないんだけど、今晩根を詰めて探すものでもないかと」

おたねは言った。

「それはそうなんだが、象山先生の名前に代わるものだからと思うと、つい気合が入ってしまってね」

行灯（あんどん）のもとで字引を調べていた誠之助は苦笑いを浮かべた。
「気持ちは分かるけど、ほどほどに」
おたねは眠そうな声で言った。
「ああ、分かった」
誠之助は答えた。
ほどなく、おたねは寝息を立てはじめた。先に眠ったおかなの小さな寝息と響き合う。
それを聞きながら、誠之助はなおしばらく字引をめくった。
やがて、ふとその指が止まった。
いくたびか瞬きをし、詳細な字引の記述を目で追う。
（……これだ）
誠之助の頭の中に、一つの灯りがともった。
そこには、こう記されていた。

fry

「揚げることを『ふらい』と呼ぶらしい。ならば、食材に『ふらい』を付ければ料理名になるんじゃないかと考えたわけですよ」

二

翌日の二幕目、一枚板の席に陣取った夏目与一郎と平田平助に向かって、誠之助は説明した。

すでにおたねと夢屋の面々には伝えてあった。とくにどこからも異論は出なかった。なるたけ多くの人の評判を聞いて、これならいけそうだということになれば、持ち帰り場ばかりでなく、中食の膳の顔にすることも考えていた。

「なら、海老だったら海老ふらいになるわけだね」

夏目与一郎が言った。

「こいつだったら、猫ふらいか」

通りかかったふじを指さして、暇な武家が言う。

「おまえはならないわよね」

おたねが笑みを浮かべた。

ふじは剣呑剣呑とばかりに母のさちのほうへ駆けていった。

「名が変わるだけで、中身はいままでの象山揚げなんだね」

夏目与一郎が問う。

「ええ。いつまでも『しの字』じゃ象山先生に相済まないので」

誠之助が答えた。

「なら、横浜の出見世も名を変えるんですかい？」

太助が訊いた。

「向こうは象山揚げでいいって念を押してあるし、異国のお客さんにはそれで通ってるんだから」

おたねが言った。

「変えるのはここだけだな」

誠之助はそう言って、まかないの焼き飯を口に運んだ。

白金村の杉造から鶏肉が入ったので、細かく刻んで臭みを抜いて具に加えてある。煮切り味醂の割りを増やした新たな味つけはなかなかに好評だった。

「しかし、うるさい町方が目を光らせてるからねえ。あの野不二って男はどうも頭が固くていけない」

もと与力の狂歌師が言った。

「四目先生とは大違いですね」

と、おりき。

「そりゃ、頭の固い狂歌師がいたら洒落にもならないよ」

海目四目が笑った。

「平仮名で『ふらい』って書くの？」

おたねが誠之助にたずねた。

「それでもいいんだが、何かうまい当て字があったほうがいいかもしれないな」

誠之助は答えた。

「当て字ですか、先生」

政太郎があごに手をやった。

「そうだ。何か思案してくれ」

誠之助は笑みを浮かべた。

「ふ、は不思議の不？」

おたねはふと思いついて言った。

「だったら、らいは『来る』で」

政太郎が言った。

「その『不来』だと、来る客も来なくなってしまうぞ」

誠之助がそう言ったから、夢屋に笑いがわいた。

その後もいろいろ案は出たが、帯に短し襷（たすき）に長しで、どうもしっくりした字面（じづら）にはならなかった。

だが、思わぬところから助けの手が伸びた。

その手を伸ばしたのは、おたねの母の津女だった。

三

孫の顔を見たいのは、玄斎も津女も同じだった。ことに、おかなは大きくなったら医者になりたいと言っている。目の中に入れても痛くない孫だ。

「はい、どこも悪くないわね、おかなちゃん」

簡単な診察を終えた津女が笑顔で言った。

「ありがとう、ばあば」

おかなも笑う。

「大きくなったら、いまみたいに診察するんだぞ」

寺子屋を終え、いつものようにまかないを食べながら誠之助が言った。

「はいっ」

おかなは元気のいい返事をした。

「そうそう、お義母さん、ちょっと相談があるんですが」

焼き飯を食べ終えた誠之助が言った。

今日は茗荷を刻んで入れてあったが、いま一つぴんと来ない味だった。

「何でしょう」

津女が問う。

誠之助は「しの字」という隠語で呼んでいる象山揚げに「ふらい」という新たな名を与える案をかいつまんで伝えた。

「いろいろ思案したんだけど、どれもこれもいま一つで」

おたねが首をかしげた。

「なにぶん、南蛮嫌いの石頭の同心から目を付けられているので、下手な名では出せないのです」

誠之助はそう言って茶を啜った。

「でも、横浜の堅パンを使ってるんだけど、そのあたりはいいのかねえ」

おりきが手を止めて言った。

「それだって南蛮だからな」

持ち帰り場の太助が言った。

「それは言い逃れを考えてある」

誠之助が笑みを浮かべた。

「どんな言い逃れです？」

津女が訊く。

「細かく砕いて揚げ粉にしているわけですから、憎き外国を粉砕して食ってしまうようなものではないですか」

誠之助は身ぶりをまじえて答えた。

「ああ、なるほど」

津女がうなずく。

「それなら、文句は言えないでしょう」

野不二同心の顔を思い浮かべて、おたねは言った。

「あっ、それなら」

津女は湯呑みを置いた。

何かに思い当たったような顔つきだ。

「何？　お母さん」

おたねが身を乗り出した。

「ふらいに『不頼』、つまり、頼らずという字を当ててみたらどうかしら」

津女はそんな案を出した。

「ああ、なるほど、外国の力を頼らないということですか」

誠之助はただちに言った。

「それなら、象山先生のお考えにも沿うかも」

おたねも言う。

「そうだな。初めのうちは先進の技術を学び、力を借りるとしても、やがては国力を高め、世界に伍す国産のものを次々に生み出し、外国産のものをやがては駆逐する。それが先生の唱える開国的攘夷の真髄だ」

誠之助の言葉に力がこもった。

「わたくしも『不頼』はいいと思います」

政太郎も賛意を示した。

「まあ、すぐここで決めなくてもいいけどな」

誠之助が言った。

「四目先生などのご意見もうかがわないと」

と、おたね。

「そうだな。ひとまず『不頼』が一番手ということで」

誠之助が話をまとめた。

そこで次の料理ができあがった。

「今日の観音汁は玉子とじだよ」

おりきが自信ありげに言った。

ポートーフーという料理を和風に工夫した観音汁は、夢屋の看板料理の一つだ。鶏のガラ、あるいはときにはまるまる一羽を用い、葱などの野菜をふんだんに加えてあくをていねいに取っていく。そうすれば、うま味だけが残る汁になる。

もとは煮込み料理だから、人参やじゃがたら芋や甘藍などを具だくさんで煮ることが多い。しかし、今日は具を控え、汁に溶き玉子を加えただけであっさりと仕上げてみた。

「ああ、おいしい」

舌だめしをした津女が笑みを浮かべた。

「かなちゃん、ちょっとおいで」

おたねが娘を呼んだ。

「おりきさんがおいしい玉子とじ観音汁をつくってくれたから、ちょっと呑んでみない？」

そう水を向けると、おかなはただちに乗ってきた。

あまり熱いものは得手ではないので、しばらくふうふう息を吹きかけて冷ましてから、おかなは匙を動かした。

「呑める？」

祖母が訊く。

おかなはうなずいた。

「おいしい？」

今度は母が問うた。

少し間を置いてから、おかなは大きな声で答えた。

「おいしい！」

四　不頼

墨痕(ぼっこん)鮮やかにしたためたのは、夏目与一郎だった。

「さすがですな」

平田平助が言った。

暇だけはいくらでもあるから、今日も芝の浜で水練をしてきた。そのせいで髷が少し光っている。

「海老とか甘藷とかも漢字にするんですかい？」

隠居の善兵衛が問うた。

「それだと字面がちょっと硬いかな」

夏目与一郎が答えた。

「ああ、たしかに」

指を動かしてから、おたねが言った。

「『不頼膳』と膳だけ付ければしっくりきそうだが」

元与力の狂歌師が言った。

「ああ、それは見た感じがよさそうですね」

おたねが言った。

「なら、膳の細けえとこを決めて出してみりゃどうだい」

善兵衛が水を向けた。

「そうですね。いろいろ舌だめしをしていただいて、来月の初めくらいから」

おたねは乗り気で言った。

それからは、折にふれて試しづくりが始まった。

「たれは初めから甘辛の両方をつけるんでしょうか」

およしがたずねた。

「一人ずつ好みを訊いていたら、出すほうの手がきっと追いつかないよ」

おりきが厨から言った。

「なら、試しにやってみるかい」

座敷に陣取っていた伊皿子焼の陶工衆の一人が手を挙げた。

「わたし、海老は、辛だれで、はんぺんは、甘だれね」

かしらの明珍が手を挙げて言う。

「おいらは甘だれ多めで、辛だれもちょびっと。まぜてつけて食うからよ」

「こっちは海老だけにしてくんな」

「そりゃ駄目だぜ。今日の膳は海老とはんぺんの組み合わせなんだからよ」

そんな調子でさまざまな声が入り乱れると、たちまちわけが分からなくなってしまった。

「使われないたれがあるかもしれないからもったいないようだけど、初めから両方つける
しかなさそうね」

おたねが言った。

「たれが不足でしたら、声をかけてくださったら足しに行きますので」

およしがそう申し出た。

「ああ、それがいいわね」

と、おたね。

「おいらも行くよ」

背丈が伸びた春吉が手を挙げた。

「おお、春坊もいたら心強いや」

「そのうち、おかなちゃんもやるようになるぜ」

陶工衆が言う。

「おかなちゃん、医者に、なるから、そんなこと、しなくていいね」

明珍が鯰髭をひねった。

「なら、いち早く見習いに入れたらどうだい」

善兵衛が気の早いことを言った。

「それはいくら何でも早いかも」

おたねが手を振る。

「いや、見習いじゃなくても、診療の場を見るだけでも学びになるんじゃないかねえ」

夏目与一郎が珍しくまじめな表情で言った。

「うまい人の泳ぎは、見るだけでも学びになりますからな」

平田平助がおのれに引きつけて言う。

「なら、いずれお母さんにも訊いてみようかな」

おたねは乗り気になった。

「おかなちゃんは訊かなくても、見るって言うだろうからね」

夏目与一郎が言った。

おかなは猫たちにえさをやっている。

「あんまり急いで食べちゃ駄目よ。いい子ね」

その明るい声が、夢屋の面々のところにも響いてきた。

五

その後も試作は続いた。

膳の顔は不頼に決まっている。ことに、大関の貫禄は海老だ。逆にいえば、海老がなければ膳に華がない。甘藷の串はまだしも、はんぺんだけだったとしたらさえない。

そこで、不頼膳はいい海老がたんと入ったときだけ数をかぎって出すことにした。

持ち帰り場でも、海老の串は一番の人気だ。持ち帰り場と不頼膳、どちらにも海老を入れたいところだった。

あとは甘藷やはんぺんが脇を固める。蒲鉾の串でもいい。

向かないのは甘藍や人参や葱などだ。いろいろ試してはみたのだが、甘藍は育ての親も首をかしげるほどだった。

「衣をつけずに、ただ焼いたほうがいいかもしれないね、甘藍は」

夏目与一郎はそう言った。

膳の顔はひとまず決まった。あとは残りをどうするかだ。

「数をかぎるんだから、なるたけ華やかなほうがいいわね」

おたねが言った。

「色合いがきれいなのがいいかもしれません」

染物や袋物の習い事もしているおすみが言った。

「どんな色だい？」

兄の政太郎が問う。

「玉子焼きの黄色とか、青菜のお浸しの青みとか」

おすみは一つ一つ思案しながら答えた。

座敷にはなじみの大工衆が陣取っていた。普請を終えたあとでいい機嫌の客たちも進んで話に加わる。

「焼き魚もあったほうがいいんじゃねえか」

「それだとくどいぜ」

「そうそう。不頼が膳の大関なんだから、大関が二人いてもしょうがねえぞ」

次々に言葉が飛び出す。

「小鉢と汁だけでいいんじゃないかしらねえ。もちろんご飯も」

厨からおりきが言った。

「そうねえ。ご飯を炊き込みご飯にするという手はあるかもしれないけど」

おたねが言った。

筍（たけのこ）や茸（きのこ）など、季節の旬の食材を使った炊き込みご飯は、これまでも折にふれて膳の顔にしてきた。脇役に油揚げなども加えた美味だ。

「身の養いになるのがいいと思う」

大人びた口調でおかなが言った。

「このところ、身の養いばかりだからな、おかなは」

まかないのおにぎりを食べ終えた誠之助が言った。

今日は目先を変えておにぎりと味噌汁のまかないにした。浅蜊（あさり）の佃煮（つくだに）や梅干しなど、大ぶりなおにぎりばかりだから胃の腑にたまる。

「何で『身の養い』ばかりなんだ？」

「んなことを言うわらべはいいねえぜ」

「医者みてえじゃねえか」

大工衆が首をかしげた。

「ばあばが医者なんですけど、このあいだ、療治をしているところを見せに行ったんですよ」

おたねが告げた。

「おかなちゃんが見たいと言うので、おかみが見学に連れて行ったわけだな」

夏目与一郎が説明を加える。

「へえ、そりゃ感心だ」

「おいらの子なんて、百年経ってもそんなこたぁ言わねえぞ」

「そりゃ、熱を出して医者へ行ったりはするけどよ」

大工衆はかまびすしい。

「で、お医者さんは必ず病を治せると思っていたみたいなんです。なかには重い病で、一日でも長く安楽に過ごせればという患者さんもいらっしゃるので」

おたねはいくらかあいまいな表情で言った。

「義父母の診療所の近くには、そういった重い患者が過ごす長屋もあるので」

誠之助が言葉を添えた。

「病にならないように、身の養いになるものを食べていただくの」

おかなはまじめな顔つきで言った。

「偉いねえ」

夏目与一郎がうなった。

「太助の五つのころとは大違いだよ」

と、おりき。

「おいらの話はいいからよ」

太助が持ち帰り場からすぐさま言った。

「いや、おれらとも大違いだぜ」

「そりゃあ、いい料簡だ」

「大きくなったら、おかなちゃんに診てもらうからよ」

大工衆の気の早い話に、おかなは笑みを浮かべた。

六

身の養いにもなる膳を、というおかなの思いは、膳立てに活かされることになった。

元をただせば、象山揚げの発案者の佐久間象山も腕のいい医者だった。ほかの業績があまりにも多岐にわたっているためややかすんではいるが、おのれの手で施術道具をつくるなど、先駆的な医術の持ち主だった。

ほかの医者が見放した患者でも、一度は象山先生に診てもらえ、と地元の松代では言われていたくらいで、名医のほまれが高かった。

身の養いにもなる膳は、亡き象山の遺志にもかなう。

「身の養いになるものといえば、やっぱり玉子かしら」

おたねが言った。

「そうだね。そこから鶏が生まれるんだから、何より力があるよ」

おりきが同意する。

「だったら、玉子とじ汁を膳につければどうだい。玉子がないときは普通の味噌汁で仕方がないが」

夏目与一郎が案を出した。

「ああ、それはいいですね、四目先生」

おたねがすぐさま言った。

「あとは小鉢ね。豆にお浸しに香の物、そのあたりを彩りよく組み合わせられれば」

と、おたね。

「わが甘藍の甘酢漬けなどもぜひ」

夏目与一郎が売り込む。

「承知しました。主役は無理ですけど」

おたねは笑みを浮かべた。

「それなら、甘藍のやわらかい葉だけ選んで、せん切りにして不頼に付け合わせればどうかねえ」

おりきが知恵を出す。

「そりゃいいかもしれねえな、おっかさん」

持ち帰り場から太助が言った。

「刻んだ甘藍は串のたれによく合いますから」

およしがうなずく。

「だんだん決まってきたわね」

おたねが言った。

「なら、月初めから、海老がたくさん入った日の中食で出そうかねえ」

女料理人が言った。

「貼り紙などはあらかじめ書いておけばいいだろう」

もと与力の狂歌師が腕を撫す。

「じゃあ、力を合わせて、夢屋の新たな名物膳にしましょう」

おたねの声に力がこもった。

七

閏五月が明け、六月に入った。

満を持していたのになかなか海老の数がそろわず、やきもきしていた夢屋だが、ようやく待望の日がやってきた。

中食の前に、おたねがこんな貼り紙を出した。

本日の中食
　不頼膳（ふらい）
えびの串、小ばちもろもろ、玉子とじ汁
食ふてうまく　身のやしなひになる
三十食かぎり　お早めに

「不頼膳」のところは海目四目が筆を執った。実に伸びやかな字だ。

「ん？　不頼膳？」

「海老の串って持ち帰り場で出してるやつじゃねえのかよ」

ちょうど前を通りかかった左官衆が首をかしげた。

「串がさくさくしてるんですよ」

物おじしないおすみが進んで告げた。

「この日のためにいくたびも試作してきたお膳ですから。そろそろ支度が整いますので」

おたねも言う。

「食わなきゃ損だぜ」

普通の串を揚げながら、太助が言った。

「そうまで言われたら帰れねえな」

「食っていこうぜ」

「おう」

左官衆はいの一番にのれんをくぐってくれた。

その後も客は次々にやってきた。

そのなかには於六屋の職人衆の姿もあった。

「おれら、聞いてて知ってたけどよ」

「この海老は『しの字』だな」

声を落として言う。

「さくさくしててうめえや」

「汁に小鉢もいろいろついてるから上々だぜ」

櫛づくりの職人衆は口々に言った。

それやこれやで、初日の不頼膳は好評のうちに飛ぶように出て売り切れた。

膳の顔の海老不頼は申すに及ばず、甘辛のたれが初めからついている膳の工夫も、付け合わせの甘藍のせん切りも評判が良かった。

玉子とじ汁も好評で、なかには銭を多めに払ってお代わりを所望する客までいた。豆と昆布の煮物に、ほうれん草のお浸し、それに香の物と盛りのいいほかほかの飯がついている。中食の客はみな満足そうだった。

「この調子で続けばいいわね」

おかなに向かって、おたねは言った。

「うん。食べた人は身の養いになって、病にかからないの」

おかなもうれしそうに言った。

「そうね。夢屋の料理を食べていたら病知らず、ってことになればいいわね」

医者を両親にもつおたねは、心から言った。

八

あの男がやって来たのは、それからいくらか経った日のことだった。

朝のうちは雨が降っていたこともあり、中食の不頼膳はだいぶ遅くまで残っていた。伊皿子坂の上り下りはぬかるむといささか難儀をする。それなら街道筋で何か食おうという心もちになるのは致し方ない。

その日は寺子屋が休みで、誠之助と政太郎が夢屋にいた。夏目与一郎も顔を出していた。

そんな陣立てが整っているところに、南蛮嫌いの野不二同心が顔をのぞかせた。

「不頼とは何じゃ。また怪しいものを出しているのではあるまいな」

野不二同心は嫌な目つきで言った。

「身の養いになる、夢屋自慢の膳でございます。よろしかったら召し上がっていきませんか？」

おたねはにこやかに言った。

「う、うむ、腹は減っているが」

同心はあいまいな顔つきになった。

「では、存分にお召し上がりくださいまし」

と、おたね。

「汁のお代わりもありますんで」

おりきが厨から言った。

「このたびの膳の顔は、国威発揚への思いもこめられております」

誠之助が先んじて言った。

「こ、国威……」

難しいことが分からない同心が言葉に詰まる。

そこへ膳が運ばれてきた。

「この海老不頼は、横浜の堅パンを粉々にして衣にしているんです。おかげで、とってもさくさくした仕上がりになります」

おたねも先手を打った。

「横浜の異人が食すものか」

同心の顔色が変わった。

「それを粉砕するのです。そこに攘夷への願いがこめられているのですよ」

誠之助がここぞとばかりに言った。

「和魂洋才の真髄が、この膳に凝縮されているわけですよ。いやはや、もしこの膳を召し上がれば、上様もさぞやお喜びになることでしょうな」

夏目与一郎が相手を呑んでかかってそう言い放った。

野不二同心は海老不頼にたれをつけ、恐る恐る口に運んだ。

初めはあいまいな顔つきだったが、存外にうまかったのか、口は続けて動いた。

「おいしゅうございましょう？」

おたねがしたたるような笑みを浮かべた。

「この膳を食していれば、諸外国など物の数ではないでしょう」

「わが日の本のほまれですな」

誠之助と夏目与一郎が駄目を押す。

「まあ、良いであろう」

いつもの台詞を放つと、南蛮嫌いの同心は残りの串にたれをつけてわしっとほおばった。

第四章　横浜へ

一

「そうそう、力を入れてこねな」

太助がせがれの春吉に言った。

「こう？　おとう」

ねじり鉢巻きのわらべが両手でうどんの生地を押す。

「まだ足りねえな。ちょいと見てな」

太助は手本を示した。

うどん玉を力強くこねては板にたたきつける。そのたびに、ばしっばしっといい音が響く。

「こしのあるうどんになりそうね」

おたねが言った。

「海老は不頼より天麩羅のほうがうどんに合うからねえ」

おりきも言う。

海老が多く入ったときにかぎるが、夢屋の不頼膳はその後も出した。

おおむね好評だったが、うどんに合わせたときには客のいくたりかが首をかしげた。

「こいつぁちょいと合ってねえんじゃねえか？」

「こういうもんだと思って食えばうめえがよ」

「不頼はやっぱり飯のほうが合うぜ」

常連の大工衆からはそう言われた。

そんな評判だったから、うどんと海老不頼を合わせるのは一度きりになった。うどんではなく、もっと南蛮風の麺があったら合うかもしれないが、むろんいまの夢屋では出せない。

六月も終わって七月に入った。暑い日が続いているから、暑気払いになるうどんは重宝だ。それに合うのはただの海老の天麩羅がいちばんだ。

「よし、こんなもんだ」

太助が額の汗をぬぐった。

「これからのばして切るの？」

見ていたおかながおたねにたずねた。

「そうよ。麺棒でこうやってのばして、きれいに切ってからゆでるの」

おたねは身ぶりをまじえて答えた。

「おうどんをつくるのも大変ね」

おかなは春吉に言った。

「おいら、うどん屋にはなれねえや」

春吉がそう答えたから、夢屋に笑いがわいた。

二

太助が打ったうどんがその日のまかないになった。

暑いので井戸水で冷やしたざるうどんにした。これに刻み葱とおろし生姜、さらに貝割れ菜の薬味がつく。

「これならいくらでも胃の腑に入りますね」

政太郎がそう言ってまた箸を動かした。

「うん、夏はこれにかぎる」

誠之助も笑みを浮かべた。

「こしがあってうまいでしょう？」

持ち帰り場から太助が言った。

「ああ、上々の出来だ」

誠之助がすぐさま答えたとき、坂の上手と下手から人影が近づいてきた。

「やあ、ばったりですな」

上手から来たのは玄斎だった。

「今日は平田どのと一緒に本所の回向院へ御開帳を見に行ってきたんです」

下手から来た夏目与一郎が言った。

「妙な見世物も見てきましたぞ」

暇な武家の平田平助が言う。

三人は一緒に夢屋ののれんをくぐってきた。

「いらっしゃいまし」

真っ先に声をかけたのはおかなだった。

「おお、いい声だな」

祖父の玄斎が何とも言えない笑顔になった。

「暑さも吹き飛びますな」

平田平助が言う。

「おっ、うどんだね」

まかないを食べている二人のほうを見て、夏目与一郎が言った。

「まだありますよ、四目先生」

厨からおりきが言う。

「なら、いただこうか」

「では、それがしも」

平田平助も手を挙げた。

「お父さんは？」

おたねが訊く。

「わたしは済ませてきたから、冷たい麦湯で」

玄斎が答えた。

「はい、承知で」

「お母さま、わたしも麦湯」

おかなも所望した。

「はいはい」

おたねはさっそく支度にかかった。

「で、御開帳はいかがでした？」

玄斎が夏目与一郎にたずねた。

「奥州の金花山大金寺の秘仏の弁才天でしてな。日の本の五弁天に入るというありがたい仏様を拝んでまいりましたよ」

元与力の狂歌師が両手を合わせる。

「ほほう、それは」

と、玄斎。

「御開帳を当てこんだ見世物も多士済々でして。なかんずく曲馬の芸には度肝を抜かれました」

平田平助が言った。

「曲馬ってなあに？」

おかなが首をかしげる。

「お馬さんが芸をするのよ」

麦湯の支度をしながら、おたねが答えた。

「どんな芸？」

おかなはなおもたずねた。

「こうやって、馬が二本足で立って、足をぐるぐる回したりしてのう」

気のいい武家が馬の芸を実演して見せたから、夢屋は笑いに包まれた。

うどんと麦湯を味わいながら、なおも見世物の話が続いた。曲馬もさることながら、からくり人形の芸も信じがたいものだったようだ。

そんな按配で和気が漂っていた夢屋だが、あることでがらりとその気が変わった。

そのもととなったのは、夢屋に届いた一通の文だった。

三

飛脚が届けた文の差出人は杉田蘭丸だった。

「どこからの文でしょう」

受け取った誠之助におたねがたずねた。

「横浜の杉田君からだ。急いでいたものと見え、字がいささか乱れているな」

誠之助はそう言って文を取り出した。

「蘭丸さんから？」

「いったい何だろう。蘭ちゃんが文をよこすなんて」

仲のいい太助が首をひねる。

「えっ、何だって」

文を読んでいた誠之助が愕然とした表情になった。

「どうしたの、おまえさま」

おたねが勢いこんで問う。

「出見世の聡樹が異国人の物盗りに刺されたらしい」

誠之助が口早に答えた。

「物盗りに？」

おたねが目を瞠る。

「そりゃあ、一大事じゃないか」

夏目与一郎が声をあげた。

「なんてことをしやがるんだ」

太助の顔にぱっと朱が散る。

「で、聡樹さんの容態は？」

おたねが問うた。

「……一命はとりとめたようだな。『命には別状なき故、何卒ご安心召されたく候』と書いてある」

誠之助が文の一節を読むと、夢屋にほっとした気が漂った。

「それは不幸中の幸いだね」

玄斎が言う。

「ただし、利き腕の右手を刺されたようで、しばらく出見世は閉めざるをえないようだ」

文の続きに目を通して、誠之助は言った。

「命さえ無事なら、言っちゃ悪いが重畳だよ」

夏目与一郎が言う。

「ほんとですね、四目先生。それにしても、横浜はおっかないところで」

おりきが眉をひそめた。

「刺したやつはどうなったんです？」

太助が真っ赤な顔で訊いた。

「そこまでは詳しく記されていないな。まずは聡樹のことばかりだ」

誠之助が答えた。

「いまはどちらに？」

おたねが問うた。

「雛屋の出見世の奥で静養しているそうだ。腕のいい医者に診てもらったから大丈夫だと書いてある」

誠之助はそう答えると、額の汗を手で拭(ぬぐ)った。

「さぞや心細いでしょう、聡樹さん」

と、おたね。

「心配だから横浜へ行って来よう」

おたねに文を渡すと、誠之助は言った。

「それがいいかもしれないね」

夏目与一郎が同意した。

「こっちの寺子屋はどうするんで？」

平田平助がたずねる。

「わたしも昔は手伝っていたので、政太郎さんの手助けくらいは」

おたねが答えた。

「わたしも習いごとが一段落するので、寺子屋でもこちらでも働けますから」

おすみがそう申し出てくれた。

「老体に鞭打って、少しだったら教えられるよ」

夏目与一郎も名乗りをあげた。

「少しと言わず、たくさん教えてやってくださいまし」

おたねがやっと笑みを浮かべた。

「わしは泳ぎくらいしか教えられんでのう」

平田平助が髷に手をやった。

「おいらもやめとくよ」

太助が言う。

「おまえはまだ教わるほうだろう」

すかさずおりきが言った。

「そりゃ言いすぎだぜ、おっかさん」

太助がげんなりした顔で言い返したから、いったんは張りつめた夢屋の気がやっと旧に復した。

「では、善は急げだ。支度を整えて、明日の朝には発とう」

誠之助が言った。

「わたしは？」

おかながおのれの胸を指さした。

前につれていってもらったことがあるから、このたびもとわらべなりに思ったようだ。

「このたびのお父さまはお急ぎだからね。かなちゃんはわたしとお留守番」

おたねが娘にそう言い聞かせた。

「土産を買ってくるから、おとなしく待っていなさい」

誠之助は有無を言わせぬ口調で言った。

「うん」

おかなは不承不承にうなずいた。

「またいずれ、みんなでね」

おたねが言うと、やっといくらかおかなの表情がやわらいだ。

「土産といえば、もし聡樹さんに大過がなくて、ついでがあればでいいんだが、西洋種の野菜の種が手に入ればと思っているんだよ」

夏目与一郎がやや言いにくそうに切り出した。

「甘藍に続く子育てですか、四目先生」

おりきが言う。

「まあそんなところだね」

夏目与一郎が答えた。

「おいらだって、赤茄子（あかなす）とかつくってたんだがな、一時（いっとき）は」

と、太助。

「おまえの赤茄子は苦いばっかりで往生したよ」

おりきがばっさりと斬ったから、太助はうへえという顔つきになった。

「横浜ではいろいろな珍しい野菜の栽培が始まっていると聞いています。聡樹に心配がなければ、人に訊いて足を延ばしてみますよ」

誠之助はそう請け合った。

四

翌朝――。

まだ空も明けやらぬころ、誠之助は伊皿子坂の夢屋を出て横浜に向かった。

もともと御庭番の家系で、師の佐久間象山が松代で蟄居(ちっきょ)しているとき、しばしば江戸から訪れていたほどだ。本気で急げば徒歩(かち)の者が目を瞠るような速さでどんどん追い抜いていくことができる。

横浜に着いた誠之助は、関所を通って居留地の雛屋の出見世を目指した。

出見世の前に人だかりができていた。みな背の高い外国人だ。

「杉田君」

誠之助は声をかけた。

出見世の前で似面を描いていたのは、杉田蘭丸だった。

「あっ、誠之助さん。もう横浜へ」

画家は手を止めて驚きの目を瞠った。

「足には自信があるからね」

誠之助は歩きながら腿(もも)を一つぽんとたたいた。

「大変でしたが、やっと動けるようになりました。……パードン」

待たせている客に向かって、蘭丸は短くわびた。

「では、入らせてもらう」

「ええ、佐市さんもいますので」

中に入ると、雛屋のあるじが出迎えた。

「これはこれは、お早いお着きで」

佐市も驚いたように言った。

「聡樹が刺されたと聞いて、驚いて飛んできました」

誠之助は口早に答えた。

次の刹那、奥から痛々しい姿の坂井聡樹が姿を現した。

「相済みません、先生」

右手を布でぐるぐる巻き、肩から吊るした聡樹がわびた。

額にも怪我をしたのか、白い鉢巻きのようなものを巻いている。

「大変だったな。大丈夫か」

誠之助が気遣った。

「ええ。額のはかすり傷ですが、右手は当分使えないかもしれません」

聡樹はそう答えた。

「そのほかは？」

「大丈夫です。ちゃんと手当てをしていただいたので、熱もありません」

はっきりした口調で聡樹は答えた。

「居留地にもいい医者はおりますので」

佐市が言った。

ほどなく、似面描きを切り上げた蘭丸も入ってきた。出見世は番頭と手伝いの若い者に任せておけばいい。奥でお茶を呑みながら話をすることになった。

「それにしても物騒なことだ」

誠之助がそう言ってお茶を啜った。

「人相は関所の役人に伝えてあります。賊はほかの見世でも金品を奪って逃げたとか」

聡樹は気丈に言った。

「居留地は浮き沈みが激しく、ひそかに賭博なども行われているようです。なかには困窮して悪事に手を染める者も」

雛屋の佐市が苦々しい顔つきで言った。

「わたしが似面を描いて役人に渡しましたので、遠からず捕まってしかるべき裁きを受けるでしょう」

蘭丸が見通しを示した。

「ただし、いかに咎事を起こしたとはいえ、居留地の外国人を日本人が裁くことはできません」

聡樹は厳しい顔つきで言った。

「不平等な条約を結んでしまったからな。象山先生がご存命なら、さぞやご立腹されただろう」

誠之助はそう言って湯呑みを置いた。

「外国から横浜へ来る商人にはむろん優秀な者もおりますが、なかには東方の小国なら与しやすしと思案した、どうかと思われる者もおります」

佐市が言う。

「玉石混交というわけですな、居留地は」

と、誠之助。

「それは肌で感じます。で、このたびは身をもってそれを思い知ってしまったわけですが……」

聡樹は左手で湯呑みを置いてから続けた。

「実をいえば、こうなる前からそろそろ潮時かと思っていました。横浜で活きた外国語を学び、字引をつくるという宿願も果たしましたから」

「なるほど。そろそろ江戸へ戻るか」

誠之助はうなずいた。

「ええ。出見世はもういいから、江戸へ戻っていままで学んできたことを人に伝えろというお告げめいたものだったのかもしれません」

聡樹はまじめな表情で言った。

「そうかもしれないいな」

誠之助は笑みを浮かべた。

「出見世はいかがされましょう。象山揚げは居留地の人たちにも人気を博していますから、このまま閉めてしまうのはいささかもったいないと」

雛屋のあるじが言った。

「たしかに、せっかく横浜では象山先生の名をいただいた象山揚げを堂々とあきなえるのですから、できることならだれかに継いでもらいたいものですねえ」

誠之助は腕組みをした。

「もしたたむとなれば、調理道具などの処分もしなければなりません。なにより、せっかくの夢屋の出見世をたたんでしまうのは心苦しく思います」

聡樹が少し顔をしかめた。

「だれか信に足る人に継いでもらうのがいちばんでしょうね」

蘭丸が言った。

「かといって、杉田君に頼むわけにもいくまい」

誠之助は苦笑いを浮かべた。

「わたしも、そろそろ売り絵ばかりでなく、おのれの代表作になるような絵を描かねばと思っておりましたので」

蘭丸はやんわりと断った。

「硝子絵などでずいぶんと稼いでもらったので、好きなようにすればいいよとは言ってるんですよ」

佐市が笑みを浮かべた。

「外国人の知り合いもいくたりかできたんですが、さすがに出見世を任せるのはいかがなものかと」

聡樹が首をひねった。

「そうだね。できれば日本の有為の若者がいいね」

誠之助は腕組みを解くと、ぬるくなったお茶の残りを呑み干した。

「そのあたりは、どこぞでじっくり相談いたしましょうか」

佐市が水を向けた。

「そうですね」

誠之助が湯呑みを置く。

「今夜のお泊まりは?」

聡樹が訊いた。

「また港屋（みなとや）にしようと思っている」

誠之助が答えた。

「では、港屋へ移りましょう。患部だけ避ければ、湯につかってもかまわないと言われておりますので」

聡樹は乗り気で言った。

「それでは、われわれも」

佐市が蘭丸のほうを見た。

段取りが決まり、一行は港屋へ向かった。

五

居留地には外国人向けのホテルが次々にできていたが、その外には日本人向けの旅籠（はたご）も何軒かあった。

その一つの港屋には、前に家族で訪れたときにも世話になった。内湯がついており、代金を払えば湯だけでも入ることができる。愛想のいいおかみと聡樹はかねてよりの顔なじみだ。

「ほんに心配しましたが、大事に至らなかったのは不幸中の幸いで」

膳を運んできたおかみが言った。

名物のぼうとる焼きを含む、心づくしの膳だ。

「わたしも弟子の無事な顔を見て安心しました」

誠之助が笑みを浮かべた。

「それで、右手もしばらく動かせないし、これを機に夢屋の出見世をやめようかと思いましてね」

内湯につかってさっぱりした顔の聡樹が言った。

「さようですか。江戸へお帰りに?」

おかみが問う。

「そのつもりなんですが、できることなら出見世を人に譲って、心おきなく横浜を後にしたいと思いましてね」

聡樹はそう言って、冷たい麦湯を口に運んだ。

「だれぞいい人はいませんかね、おかみ」

雛屋の佐市がやや軽い調子で問うた。

「そうですねえ……あ、どうぞ召し上がってくださいまし。ぼうとる焼きはお代わりもできますので」

おかみは身ぶりをまじえて言った。

うどん粉に玉子をまぜてまるい形にし、ぼうとる、すなわちバターで焼いた横浜ならではの料理だ。ただし、港屋のぼうとるは牛脂のようで、いささか癖もあった。前におかなが泊まったときは、苦手だったらしく吐き出してしまったものだ。

「横浜でひと旗揚げようと出てくる若者も大勢いるでしょう。そのなかで信に足りそうな有為の者に夢屋の出見世を託したいと考えているのですよ」

誠之助はそう言って、焼き魚に箸をつけた。

「うちにもときどきそういう方はいらっしゃいます。こないだもワシマンになるんだとおっしゃる方が泊まられました」

話し好きのおかみが言った。

「ワシマンとは？」

誠之助が問う。

「異国の兵隊さんの衣装を洗うんだそうで。シャボンをつけて、こうやって石にたたきつけたりするそうです」

おかみは妙な身ぶりをまじえた。

「ああ、なるほど。それはいいところに目を」

食事を続けながら誠之助が言った。

「それから、神奈川奉行所のお役人が見えて、新田に通辞がいなくて困っているという話をしていました。あちらのほうへ働きに来ている人もいるそうなんですが」

おかみは耳寄りな話をしてくれた。

新田とは吉田新田のことだ。そこでさまざまな野菜の栽培を試しているようだが、技術指導をしている外国人と働き手のあいだに通辞がおらず、いろいろと難儀をしているらしい。

港屋のおかみは、おのれが知っているあらんかぎりのことを伝え、もう夕餉が終わろうかという頃合いにやっと腰を上げた。

「右手に傷を負っていなければ、吉田新田の通辞役、わたしが買って出てもいいんですが」

聡樹が言った。

「畑で立ちっぱなしというわけにもいくまいからな」

「ええ」

「ただ、明日行くだけは行ってみよう。四目先生から『ついでがあれば西洋種の野菜の種を』とも言われているから」

誠之助が言った。

「神奈川奉行所は得意先の一人で、お役人の眼鏡などもおつくりしました。わたしも同行いたしましょう」

佐市が言った。

「おお、それは助かります」

誠之助は笑みを浮かべた。

「たまには畑の景色を描くのもいいものです。わたしも行きましょう」

蘭丸も乗ってきた。

かくして、話が決まった。

翌日、四人は連れ立って吉田新田に向かった。

第五章　スイート・オア・ビター

一

「今日はかなり暑くなりそうですね」

編笠をかぶった蘭丸が言った。

「水を入れた竹筒は、宿で大きめのものを借りてきたよ」

誠之助が腰を指さす。

「新田で働く人たちは大変です」

右手を吊るしたままの聡樹が言った。

ほどなく、青々とした吉田新田が見えてきた。

入り海を埋め立ててつくられた新田には長い歴史がある。江戸の材木商だった吉田勘兵衛(よしだかんべ)

衛がこの地が埋め立てに適していることを見抜き、幕府から許可を得たのは、二百年以上前の明暦二年（一六五六）のことだった。

埋め立て工事には紆余曲折があった。埋め立てを行うためには、まずは海水を堰き止めなければならない。そこで、潮をよける堤が築かれたのだが、翌明暦三年、梅雨どきに降りつづいた雨のせいでせっかくの堤が流されてしまった。

もっと頑強な堤にするために、石を多く運び入れることにしたが、地元の民は無駄なことだと頑強に抵抗した。吉田勘兵衛はそれを粘り強く説得し、諸国から堤に適した石を運び、捲土重来の工事に入った。砂村新左衛門の助けを得て進められた埋め立て工事が終了したのは寛文七年（一六六七）のことだった。その功績を称えて、新田には吉田の名が冠せられている。

外国人の指導のもと、百姓がほうぼうで作業をしていた。誠之助たちがそちらに向かうと、神奈川奉行所の役人とおぼしい男が厳しい顔つきで近づいてきた。

「何用か。みだりに入ること、まかりならぬぞ」

そう申し渡す。

「それがしは光武誠之助。横浜開港の立役者とも言うべき松代藩士、故佐久間象山先生の弟子でございます」

誠之助はまずそう名乗った。

「手前は居留地にて雛屋というぎやまん唐物その他のあきないをさせていただいております。神奈川奉行所のみなさまのお眼鏡は、ありがたいことにみな手前どもの見世でつくらせていただいております」

佐市が続いて腰を低くして言った。

「さようか……で、何用か」

役人はやや表情をやわらげてたずねた。

「それがしも、弟子の坂井聡樹も、多少の外国語の心得がございます。江戸にて甘藍などの南蛮野菜の栽培を試みている元南町奉行所与力、夏目与一郎様より、しかるべき南蛮野菜の種の頒布を依頼されて当地へ参りましたゆえ、われわれにて交渉させていただきたいと存じましてまかり越した次第で」

誠之助はよどみなく言った。

「そちらで交渉すると申されるか」

役人の口調が変わった。

「はい。決してご迷惑はおかけいたしません」

誠之助は請け合った。

「そうか。ならば、作業の妨げにならぬようにな」

許しが出た。

「ありがたく存じまする」

誠之助は深々と一礼した。

そして、身ぶりをまじえながら百姓たちを指導している大男のほうへ歩み寄っていった。

二

「シード？」

鷲鼻の外国人が眉根を寄せた。

フランス人だったらどうしようかといささか案じていたのだが、幸いにも英国人だった。

誠之助と聡樹はさっそく英語で語りかけ、種を分けてもらえないかと交渉した。

さりながら、野菜の種は大事な品だ。気安く分けてくれるはずもない。

ただし、難色を示されることは読みに入っていた。誠之助は蘭丸に目配せをした。

「ヒー・イズ・フェイマス・ペインター。ヒー・ウィル・メイク・ユア・ポートレイト」

誠之助が身ぶりをまじえて言った。

「プレゼント・フォー・ユー」

聡樹も笑顔で言い添える。

「マイ・ポートレート？」

胡散臭げだった外国人の表情が変わった。

「イエス。ユー・アー・ベリー・ハンサム」

誠之助が歯の浮くような世辞を言った。

すかさず蘭丸が紙を取り出し、さらさらと筆を走らせはじめた。

「オー……」

野菜づくりの指導をしていた男が覗きこむ。

ここまで気を引きつければ、あとは一瀉千里だった。

蘭丸が下駄を履かせて描いた肖像画は、当人でなくてもほれぼれするような出来だった。

「ユアーズ」

蘭丸が仕上がったばかりの絵を手渡した。

「オー、グレイト！」

鷲鼻の男が喜んだ。

ここまで喜ばせれば、あとひと押しだ。

雛屋の佐市も持参した品を渡した。巧緻な飾りのついた手鏡だ。これも琴線に触れたらしく、男は満面の笑みになった。

誠之助は改めて種の頒布を頼んだ。指導者はいくらか逡巡（しゅんじゅん）したものの、少しならと態度をやわらげた。

箱の中に厳重に保管されていた種がいくつか、誠之助の手に渡った。

「ファッツ・シード？」

誠之助はたずねた。

オニオンは聞き取れた。かつて育てようとして失敗したことがある。そのときは、鬼怨という字を当てた。

キャベージも分かった。夏目与一郎が育てている甘藍だ。同じ甘藍でも仕上がりが違うかもしれないから、ありがたく頂戴することにした。

もう一つの種の名は、聞き直しても分からなかった。あまり重ねて問うてへそを曲げられても困るから、聞こえたとおり「雁降（かりふ）るわ」ということにした。

オニオンに比べると、雁降るわはつくり方が面倒そうだった。種をまいて育った苗を移し替えたりするようだ。また、オニオンのほうも暑さに弱いようで、なかなかに難しそうな口ぶりだった。

何にせよ、所期の目的は達成した。

ひとしきり育て方の説明を聞いた誠之助たちは、鷲鼻の外国人に礼を言っていったんその場を離れた。

三

港屋でつくってもらった握り飯で遅い中食を済ませ、役人の了解を得てなおしばらく畑仕事の様子をながめていると、鷲鼻の男の大きな声が響いた。

「レスト」

例によっての巻き舌で、休めと告げる。

「声をかけてみるか」

竹筒の水でのどをうるおしてから、誠之助が弟子に訊いた。

「そうですね。名乗りが挙がるかどうか分かりませんが」

聡樹が答えた。

「こういうことは、駄目でもともとで声をかけてみるのがいちばんです」

佐市が言う。

「若い人の顔もちらほらありましたから、われこそはという手が挙がるかもしれません」

蘭丸が言った。

「外国人相手のあきないだから、臆せずやれる度胸がなければ」

と、誠之助。

「それはあらかじめ伝えておきましょう」

聡樹がうなずいた。

再び役人と外国人の了解を取ると、誠之助は吉田新田の百姓たちに向かって大声を発した。

「居留地にて象山揚げをあきなう夢屋のあるじ、光武誠之助と申す」

まず名乗りを挙げると、思い思いに握り飯などを食していた男たちが何事ならんと顔を上げた。

「いまは亡き佐久間象山先生にちなむ象山揚げは、海老、甘藷などの串を揚げ、甘辛二種のたれをつけて食すものなり。持ち帰ることもできるこの食べ物は、居留地の外国人にも好評を博せり。しかるに……」

誠之助はここで口調を変えた。

「先日、不逞(ふてい)なる暴漢に出見世のあるじであるわが弟子が襲われて負傷し、つとめを続けることができなくなってしまった。ついては、われこそが跡を継いで、夢屋と象山揚げの名を後世に伝えんという気概あふれる者を求めたい」

誠之助はそこでいったん言葉を切り、吉田新田の者たちをひとわたり見回した。

そこここで顔を見合わせる者がいるかと思えば、興味なさげにあくびをする者もいる。反応はそれぞれだ。

誠之助はさらに続けた。

「つとめの段取りについては、懇切丁寧に教える。異人相手だが、簡単なやり取りの言葉も伝授する。われこそはと思わん者は手を挙げて立ち上がれ」

誠之助は右手を挙げた。

ひと呼吸遅れて、頬被(ほおかぶ)りをした若者が立ち上がった。

「おいら、やるずら」

そう言って、はっきりと手を挙げる。

「名は？　どこから来た」

誠之助は問うた。

「伝助(でんすけ)。伊豆(いず)の網代(あじろ)から来たずら」

若者は答えた。

「やってくれるか」

「へえ。横浜でひと旗揚げようと思って出てきたのに、このままここで百姓で終わるのかと思って毎晩泣いてたずら」

伝助はそう言って、袖を目にやるしぐさをした。

「こら、おめえ、百姓を馬鹿にするんじゃねえ」

「おめえも異人に襲われたらいいんだ」

「勝手に出て行きな」

冷たい声が飛ぶ。

「おいらはおいらの勝手にするずら」

伝助は取り合わずに言った。

「よし。なら、一緒についてこい」

誠之助は身ぶりをまじえた。

「へいっ」

日焼けした顔に白い歯が覗いた。

四

「はあ、いい湯だったずら」

伝助が心底気持ちよさそうな声で言った。

ひとまず港屋に案内し、さらに詳しい話をすることになった。出見世の段取りを教えるのは明日からだ。蘭丸と雛屋の佐市は引き上げていった。

おかみが夕餉の膳を運んできた。名物の牛脂を使ったぼうとる焼きも、伝助は臆せず口に運んでいた。

「変わった味だけど、うめえ」

ぼうとる焼きをむしゃむしゃ食べながら、伝助は笑みを浮かべた。

その後は身の上を事細かに聞いた。

伝助は網代の漁師の三男坊で、上の兄たちが仕事を継いでいるから気楽な身らしい。横浜が開けていて、新開の地で身を立てるべくほうぼうから人が集まってきているという話を聞いて、矢も楯もたまらずに出てきたという話だった。

「異人の下働きだと聞いて吉田新田に来たずら」

夕餉の箸を動かしながら、伝助は言った。

「ところが、畑仕事ばかりで当てが外れたわけか」

誠之助が笑みを浮かべた。

「そのとおりで。これならワシマンにでもなるんだったたと後悔してたとこで」

「ワシマンなら、技術を覚えておのれの見世を開くことも夢じゃないからな」

聡樹が言った。

「へい、そのとおりで」

伝助はすぐさま答えた。

垢抜けないところはあるが、返事の仕方を見ると頭の回りは良さそうだ。

「その『おのれの見世』ができるぞ。……まあ、呑め」

誠之助は小ぶりの土瓶に入った冷や酒をついだ。

「こりゃどうも。ほんに、夢みてえな話で」

伝助は酒をくいと呑み干した。

「網代で料理をつくったりしたことはあるか」

誠之助は問うた。

「船に乗って兄ちゃんたちの手伝いをしてたんで、浜鍋なんぞをつくらされました。鯛をさばいたりするのはわりと得手で」

伝助は二の腕をぽんとたたいた。

「それなら、揚げ物も難なくこなせるだろう」

聡樹が笑みを浮かべた。

「やり方を教われば、気張ってやりますんで」

伝助は引き締まった表情で言った。

「頼もしいな」

誠之助が白い歯を見せた。

五

「スイート、オア、ビター?」

聡樹が客に問うた。

「ビター、プリーズ」

外国人の客が答える。

「シュアー」

持ち帰り場で手を動かしたのは誠之助だった。

右腕を負傷した聡樹は口だけ動かし、象山揚げは誠之助がつくる。そのやり取りを、かたわらで伝助が食い入るように見つめていた。

「どうだ。やれそうか？」

客がとぎれたところで、誠之助がたずねた。

「揚げ物のほうは、なんとか」

少しあいまいな顔つきで伝助は答えた。

象山揚げのつくり方はひとわたり伝授した。試みに、堅パンを細かく砕いて衣にするところまでやらせてみたが、なかなかに堂に入っていた。

揚げ物の勘どころは、慣れればそう難しくはない。音と泡が小さくなり、串が浮いてきたら火が通った証（あかし）だ。あとは油を切って、串のところが冷めるまで待てばいい。甘辛のたれのつくり方も教えた。海老と甘藷の串の打ち方も、伝助はすぐ呑みこんだ。

あとはひとえに客あしらいだ。

聡樹なら外国人の言葉をすべて理解し、ときには軽口も飛ばしながら受け渡しをすることもできるが、伝助にいきなりやれと言うのは無理な注文だ。

「あとは度胸だな。一本はワン、二本はツー。簡単な英語だけ覚えて、身ぶりをまじえながらやっていけばいい」

誠之助は指を立てながら教えた。

「習うより慣れろで」

聡樹も言う。

「へい、承知で」

伝助は額の鉢巻きに手をやった。

ほどなく、二人の大男がやってきた。

海老の象山揚げを五本求める。

「えー、お待ちくださいは？」

伝助が手を動かしながら誠之助に問うた。

「ウエイト」

「うえ……」

「上に糸だ。天に糸が伸びていく」

誠之助はそんな覚え方を教えた。

「上、糸、上、糸」

伝助が必死に告げると、大男たちがどっと笑った。

そんな按配で、客の応対ばかりは慣れを待つしかなかったが、ひとまず初日は滞りなく終わった。

六

「どうだ、やれそうか？」

港屋で誠之助がたずねた。

「やるしかないんで」

伝助はそう答えて、ぼうとる焼きを口に運んだ。

「初日であれなら上々の出来でしょう」

終わりごろに顔を見せた蘭丸が笑みを浮かべた。

旅籠で内湯につかり、さっぱりした顔つきをしている。

「外国人相手に臆することなく、身ぶりもまじえて話を通じさせようとしていたからな」

誠之助が言う。

「あとは場数を踏めば、言葉もおいおい分かってくるだろう」

聡樹も言った。

「そうずらね。大男からわわわわわっと言われると、おいら、何言ってるかさっぱり分かんなくて」

伝助は弱気なことを口走った。

「はは、わたしだって分からないことがあるよ」

誠之助が笑みを浮かべた。

「肝心なところだけ伝わればいいんだから。串の本数と値段、たれは甘いか辛いか」

聡樹も言う。

「スイート・オア……」

伝助はそこで言いよどんだ。

「ビターだ」

誠之助が教える。

「ビター」

伝助が反芻(はんすう)した。

それから、十までの数を教えた。串を十本以上持ち帰る客はまずいないだろうから、十まででいい。

両手の指を使っていくたびも教えたところ、伝助はワンからテンまでの数字を覚えた。

「呑みこみが早いな」

誠之助が笑みを浮かべた。

「慣れるまで、わたしが見ているから」

聡樹が言う。

「へい、よろしゅうに」

伝助が頭を下げた。

「では、種も手にしたことだし、明日、雛屋さんに寄ってから江戸へ戻ることにしよう」

誠之助が言った。

「わたしと佐市さんも江戸へ行くつもりでしたので」

蘭丸がそう言って、汁の椀を置いた。

「なら、三人で行くことにしよう」

たちまち段取りが決まった。

「おいら、江戸にも行ってみたいずら」

伝助は瞳を輝かせた。

「まずは横浜に根を生やしてからだな」

誠之助が笑みを浮かべた。

「へい。まずは出見世で気張りますんで」

伝助は二の腕をたたいた。

「江戸の本店にも海老の串などの持ち帰り場があるから、いずれはそこの手伝いもできるだろう」

蘭丸が言う。

「わたしが江戸へ戻ったあとも、雛屋さんが後見役になってくれれば大丈夫だろう」

聡樹が見通しを示した。

「そうだな。堅パンの仕入れなどもお願いしておかなければ」

と、誠之助。

「雛屋には若い者がいくたりかいるから、場合によっては手伝ってもらえばいいでしょう」

蘭丸が言った。

「そうだな。そのあたりもよく言っておこう」

誠之助がうなずいた。

「なら、スイート・オア・ビターで気張るずら」

伝助が人好きのする笑顔で言った。

「シュリンプ・オア・スイートポテイトーもな」

聡樹が教える。

海老か甘藷かという問いだ。本店でははんぺんなどの串も出すが、横浜ではその二種にかぎることにしていた。

「シュリンプ・オア・スイート……布袋（ほてい）？」

伝助は首をかしげた。

「惜しいな」

誠之助が笑う。

「布袋は食えないだろう」

蘭丸がおかしそうに言った。

「スイート、ポテイトーだ」

聡樹が言葉を切って伝えた。

「ポテイトー」

伊豆から来た若者が復唱する。

「そうだ。覚えたな？」

誠之助が問うた。

「へいっ」

伝助はいい声で答えた。

第六章　おさまる焼き

一

翌日、港屋を出た誠之助は雛屋の出見世に向かった。

そう言えば、まだ土産を買っていなかった。南蛮野菜の種は夏目与一郎へのいい土産になったが、せっかく横浜まで出かけたのに家族への土産がまったくなしでは承服しないだろう。

雛屋の佐市も江戸へ向かう支度をしていた。そこへ蘭丸も来た。

「娘への土産がまだだったんですよ」

誠之助はそう言って頭に手をやった。

「さようでしたか。それなら、ちょうどいいものがございますよ」

佐市は奥からあきない物を取ってきた。

「これはいかがでしょう」

雛屋のあるじが差し出したのは、富士をかたどった起き上がりこぼしだった。

「ほう、これはかわいい」

誠之助は笑みを浮かべた。

「絵はわたしが指南したんです」

蘭丸が言った。

「道理で。かわいく描けているよ」

誠之助は起き上がりこぼしを動かしてみせた。

頭に雪を戴いた青い富士山が笑っている。愛敬のあるわらべの表情だ。

倒すと右へ左へ愛らしく揺れながら元へ戻っていく。倒れても必ず起き上がる縁起物は、もとは会津(あいづ)地方の郷土玩具だったらしい。

「おかなちゃんも喜ぶでしょう」

蘭丸が目を細くした。

「あ、そうだ。番頭さん、あれを」

佐市が古参の番頭に言った。

「何でございましょう、旦那さま」

番頭が訊く。

「このあいだ、お得意様から南蛮野菜をいただいただろう」

佐市は笑みを浮かべた。

「ああ。鬼がどうしたこうしたという名前の」

番頭が手を打った。

「オニオンかい？」

誠之助が問うた。

「ああ、そうでございます」

と、番頭。

「鶴見村で栽培した南蛮野菜だそうで、日もちはするようです。ただし、臭いをかいでみると面妖な香りがするもので、とても恐ろしくて口には入れられないと」

佐市が伝えた。

「それで雛屋へ土産として持ってきたのかい？」

少しあきれたように、誠之助が問うた。

「厄介物を押しつけられてしまいまして」

佐市が苦笑いを浮かべた。

「手前どもも、そんな気味の悪いものは食べたくありませんので」

番頭も言う。

「なら、もらっていきましょう。同じ種かどうかは分かりませんが、前に松代でもらって調理してみたこともあります。夢屋でなんとかしますから」

誠之助は乗り気で言った。

「それはありがたいです」

「では、さっそくお持ちします」

いそいそと奥へ向かった番頭は、ほどなく包みに入ったものを持ってきた。

「いくつか入っていますので重いですが」

と、差し出す。

「ああ、いいよ。わたしの嚢(ふくろ)に入れて帰ろう」

誠之助が受け取った。

かくして、だれも食べようとしなかったオニオンが横浜土産となった。

二

旅装は整えたが、夢屋の出見世が気になる。少しだけ遠回りになるが、寄っていくことにした。

「おっ、気張ってるな」

誠之助が前方を指さした。

「呼び込みまでやってますよ」

蘭丸が笑みを浮かべた。

ショウザンアゲ

シュリンプ・オア・スイートポテイトー

たれはスイート・オア・ビター

とってもうめえずら

ワン、プリーズ、ツー、プリーズ

ユアーズ、ユアーズ……

出たとこ勝負もいいところだが、伝助が身ぶり手ぶりをまじえて道行く外国人に声をかけている。

「うちの若い者に見習わせたいほどですね」

雛屋のあるじが感心の面持ちで言った。

「あっ、師匠」

聡樹が気づいて、動くほうの左手を挙げた。

「おう、やってるな」

誠之助が歩み寄って、伝助に声をかけた。

「へい、気張ってやってます。失うもんは何もないんで」

伝助が白い歯を見せた。

「その意気だ」

誠之助が励ます。

「この調子なら、象山揚げはさらに売れますよ」

聡樹は手ごたえありげだった。

「うちの番頭さんにもよくよく言っておいたからね。聡樹さんが江戸へ帰って、手が足りなくなったら、遠慮なく雛屋を頼っておくれ」

佐市が言った。

「へえ、そうさせてもらいます」

伝助は頭を下げた。

いささか手狭だが、出見世の裏手の部屋に二人寝泊まりはできる。湯は港屋へ行けばつかれるし、暮らしていく分に不都合はなさそうだ。

ここで客が来た。

「シュリンプ・オア……」

「オー、シュリンプ、プリーズ、ニホン、カライノ」

常連客は片言の日本語をまじえて注文した。

「へえ、サンキュー」

伝助は小気味いい返事をして、さっそく手を動かしだした。

この客あしらいなら大丈夫だ。

聡樹が刺されたと聞いてあわてて横浜へやってきたが、どうやら万事いいほうへ動きだしたようだ。

「なら、頼むぞ」

一段落したところで、誠之助は言った。

「へい。お気をつけて」

伝助はぺこりと頭を下げた。

三

「よく書けたわね、春ちゃん」

春吉に向かって、おたねは笑顔で言った。

芝伊皿子坂の夢屋と棟続きの寺子屋だ。

「うん、なんとか書けた」

春吉が満足げに手習いの紙を見た。

春夏秋冬、とお世辞にもうまいとは言いがたい字で記されている。ことにおのれの名でもある「春」が大きすぎて、あとの字はちまちまっとなってしまっているのがご愛敬だった。

「よし、あともう少しだぞ」

政太郎がよく通る声で言った。

「しっかりね」

妹のおすみが言う。

誠之助が横浜へ行っているあいだは、おたねとおすみも寺子屋の手伝いだ。

素読は政太郎が受け持つが、おたねも代わりができる。もとはと言えば、誠之助を手伝っていたのがおたねだ。

素読はみなで声を合わせて読むが、あとは思い思いに学ぶ。大工の子もいれば、商家の子弟もいるし、浜から通っている漁師のせがれもいる。それぞれに学ぶことが違うから、その子に合わせたことをやらせて、一人ずつじっくりと進み具合を見てやるのが誠之助の寺子屋のやり方だった。

「できました」

おかなが笑顔で紙をかざした。

「上手になってきたわね」

おたねがほめた。

紙にはこう記されていた。

ゆめは叶ふ

止めるところと撥(は)ねるところが堂に入ってきている。大人の字にも遜色(そんしょく)がない出来栄えだ。

「おいらよりずっとうめえな」

春吉が言った。

「そりゃ、おめえが下手すぎるんだ」

「言ったな」

「だって、春がでかすぎて吹きだすぜ」

仲間が忌憚(きたん)なく言う。

「これこれ、やめなさい」

おたねが手を挙げて制した。

「出来栄えはどうでもいいの。大事なのは、一所懸命やったかどうかだから」

おたねはそう教えた。

「そのとおりだぞ。人の悪口を言ってはいけません」

政太郎がたしなめた。

「はあい。……ごめんな、春ちゃん」

仲間が素直に謝った。

「ううん、いいよ」

春吉が快く許すと、おかなまで笑顔になった。

四

「あっ、終わったね」

厨で手を動かしながら、おりきが言った。

「よし、どんと来い」

持ち帰り場の太助が腕まくりをする。

海老と甘藷とはんぺんに加えて、今日はうずら玉子の串もある。海老と甘藷しかない横浜の出見世の象山揚げと違って、こちらは具材が豊富だ。

ほどなく、にぎやかな声が響き、わらべたちが持ち帰り場に群がってきた。

「おいちゃん、海老」

「おいらは甘藷とはんぺん。甘いので」

「うずらもあるの？」

「おいらは……」

我先にと注文しようとする。

「おーい、いっぺんに言われても分かんねえぞ。順に並べ」

太助は声を張りあげた。

「あんたがそっちに並んでどうするの」

およしが春吉に言った。

「おめえは手伝って余ったものを食うんだよ」

太助もあきれたように言う。

「だって、おなかすいたんだもん」

春吉が言った。

「まかないのおやき、つくってるから。そっちを食べな」

祖母のおりきが声をかけた。

「あっ、おやきなの」

春吉の瞳が急に輝いた。

「売り物でもいける料理だからね」

一枚板の席に陣取った夏目与一郎が笑みを浮かべた。

不慣れな寺子屋の手伝いも少しやってみたのだが、おたねとおすみがいれば充分だと分かってから客に戻っている。

「海老が入ってると、ことにうめえからな」

隠居の善兵衛も言った。

粉を水に溶いて玉子をまぜ、さまざまな具を入れる。焼き飯もそうだが、その日によって具が替わる。刻んだ葱や甘藍や海老や蒲鉾、天かすなどを入れてもいい。

平たい鍋に油を引いて、裏表をこんがりと焼き、塩胡椒と醤油で味つけすると香ばしくて実にうまい。

寺子屋を終えたおたねと政太郎とおすみにも、まかないのおやきが出た。

「やっぱり青海苔を振るとおいしいですね」

政太郎が笑みを浮かべた。

「これは政太郎さんの思いつきだから」

と、おたね。

「おかなちゃんはどう？　ちっちゃいのつくってあげようか？」

おりきがたずねた。

「うん、食べる」

おかなが手を挙げた。

わらべたちの声がわいわい響いていた持ち帰り場が一段落し、みなにおやきが行きわたった。おかなも、はふはふ言いながら食す。

「おいしい？」

先に食べ終えたおたねが問うた。

「おいしいけど……甘いほうがいいかな」

五つのわらべが首をかしげた。

「串の甘だれを塗ってみたらどうだい」

太助が案を出す。

「削り節の粉とか振ったら、きっとうめえぞ」

善兵衛も負けじと言う。

「そのうち膳の顔になりそうだね。丸く治まってるのは縁起がいいし」

夏目与一郎が温顔(おんがん)で言った。

「ああ、なるほど、いいかもしれませんね」

おたねが乗り気で言った。

「おっ」

持ち帰り場の太助が声をあげた。

「あっ」

およしも坂の下手を見て言う。

「帰ってきた？」

おたねが立ち上がった。

「みなでお帰りで。雛屋さんと蘭ちゃんもいます」

太助が笑顔で告げた。

「お父さま？」

おかなが問うた。

「そうよ。お出迎えしましょう」

おたねが娘とともに表へ出ると、誠之助が右手を振った。

五

「わあ、戻るね」

横浜土産の起き上がりこぼしを、おかながさっそく座敷で動かしだした。

「すげえな」

春吉も瞳を輝かせる。

「そうやって倒れても倒れても起き上がるの。偉いわね」

おたねが言った。

「うん」

おかながまた動かすと、さちとふじの親子がやや背を丸めてじっと見つめた。どうやら警戒しているようだ。

「土産はそれだけじゃないんだ」

誠之助がそう言って、嚢から包みに入ったものを取り出した。

さっそくみなに披露する。

「それは……」

夏目与一郎が見るなりあごに手をやった。

「オニオンです。松代からもらったときは鬼と怨霊の怨で鬼怨という字を当てましたが、それもちょっとかわいそうかと。種をもらって、つくり方のあらましも聞いてきましたので」

誠之助はそう伝えた。

「おお、それは願ってもないね」

夏目与一郎の表情がぱっと晴れた。

「ほかにも、向こうで栽培している甘藍と、雁降(かりふ)るわという南蛮野菜の種ももらってきました」

「雁降るわ？」

おたねがけげんそうな顔で発音する。

「そう聞こえたんだが、あとで調べてみよう」

誠之助はそう言って、できたばかりのまかないのおやきに箸を伸ばした。

聡樹が無事で、夢屋の出見世に伝助という若者が入ったことについては、まず急いであらましを伝えた。聡樹の身を案じていた夢屋の面々は、それを聞いて愁眉(しゅうび)を開いた。おかげで、見世にはほっとしたような気が漂っている。

「オニオンはうちがもらったんですが、みんな尻込みするばかりだったので、夢屋さんに押しつけたんですよ」

そう言う佐市のところにもおやきが出た。

「さっき串の甘だれを塗ってみたらどうかっていう話が出たので、さっそくやってみたんです。蘭丸さんにも」

おりきがまた皿を出した。

「へえ、これはいい香りですね」

「いただきます」

雛屋のあるじと画家が箸を手に取った。

座敷では、ふじが意を決したように起き上がりこぼしに前足を出した。そのさまがかわいくて、おたねとおかなが笑う。

「これはいけるかもしれません」

佐市が言った。

「好みもありますが、甘いほうが合いそうです」

蘭丸も和す。

「おいらが言ったんだぜ。串の甘だれを塗ってみたらどうかって」

太助が胸を張った。

「で、オニオンはどうするんだい?」

夏目与一郎が問うた。

「臭みがあるので、炒めたほうがいいでしょう。松代でもらったものとは種が違うかもしれませんが、あのときも炒めたらそれなりに食べられたかと」

誠之助が答えた。

「オニオンの練り焼きは大しくじりだったけど」

と、おたね。

「ああ、あれは臭かった」

誠之助が顔をしかめた。

刻んだオニオンと細かく切ってよくたたいた鶏肉を練り合わせ、俵形にして焼いた練り焼きを試作したことがあるが、未曽有（みぞう）の大しくじりで、口にした者はみな吐き出してしまった。

「なら、よく炒めて、次のおやきに入れてみましょうか」

おたねがおりきに言った。

「まかないなら、多少まずくたって文句は言われないからね」

女料理人が笑顔で答えた。

六

夢屋に日常が戻った。

以前と少し違うのは、おすみが習いごとを終え、寺子屋を手伝うようになったことだった。手習いの紙を用意したり、わらべたちに声をかけたり、兄の政太郎とともに甲斐甲斐しくつとめてくれる。おかげで誠之助の負担も軽くなった。

その日は二幕目に伊皿子焼の陶工衆が来てくれた。玄斎も孫の顔を見に来たし、水練を終えた夏目与一郎と平田平助も一枚板の席に陣取っているからにぎやかだ。

「じゃあ、オニオンをおやきに入れてみようかしら」

おたねが言った。

「そりゃ、おたねさんのつとめだね。南蛮おたねだから」

おりきはいささか腰が引けていた。

「おっかさんが切らなきゃ」

太助が持ち帰り場からすかさず言う。

「いやいや、こういうのは若い人じゃないと。前に切ったときに涙が出てびっくりしたから」

おりきがあわてて手を振った。

「じゃあ、やります」

おたねは厨に入り、オニオンをまな板に置いた。

「皮をむかないと駄目ね」

そう言って手を動かしてみたのだが、むいてもまた皮が現れた。さらにむいても、やや厚い皮になる。

「外のほうが食えないのは甘藍と同じだな」

じっと見ていた夏目与一郎が言った。

「二つに切ってみたらどうだ？」

玄斎が水を向けた。

「ああ、それもそうね」

おたねはそのとおりにした。

座敷からどっと笑い声があがった。今日は陶工衆の一人に子ができた祝いで、すでに鯛飯と浜鍋を出してある。当分はまかないに専念できそうだ。

「ああ、目が痛い」

おたねは続けざまに瞬きをした。

「悲しくないのに泣けてきたわ」

「オニオンの汁が目に入ったんじゃないか？」

玄斎が案じ顔で言った。

「やっぱり、そのオニオンも涙が出るんだね。洗ったほうがいいよ」

おりきが言う。

「そうね」

おたねはいったん包丁を置き、水でていねいに目を洗った。

オニオンという南蛮野菜はどうも手ごわそうだ。

とにもかくにも、食べられそうなところだけ取り出してざくざく切った。

「それをどうするんだい？」

夏目与一郎が問う。

「油で炒めて、おやきの具にまぜるつもりなんですけど」

おたねは自信なさそうに答えた。

「四目先生の甘藍ならおいしそうだがね」

玄斎が言う。

「ああ、甘藍はここのおやきに合いますな」

暇な武家の平田平助が言った。

「まあ、とにかくやってみたら」

もと与力の狂歌師が言った。

「毒見はわしらがするんで」

平田平助が笑う。

そんなわけで、やや及び腰ながらもオニオンを炒め、ほかの具と一緒におやきに入れてみた。

ちょうど寺子屋も終わった。

誠之助と政太郎、それにおすみ。学んでいた春吉とおかなも帰ってきた。

「オニオン入りのおやき、これからつくりますので、心して食べてください」

おたねは戯れ言めかして言った。

「焼くだけなら手伝うよ」

おりきも厨に戻ってきた。

「たれはスイート・オア・ビターで。いつものお醬油でもできます」

手を動かしながら、おたねが言った。

「スイートは串の甘だれだな？」

と、誠之助。

「そう。太助さんの発案で」

おたねが持ち帰り場のほうを手で示した。

「もし膳の顔になったら、おいらの手柄で」

太助が得意げに言った。

オニオン入りのおやきは次々にできた。おかなも食べたいと言ったから、誠之助の分を切り分けることにした。

さらに、座敷からも手が挙がった。

窯元の明珍がぜひ舌だめしをしたいと言う。おかげで厨は大忙しだ。

「なら、一番槍で」

平田平助が真っ先にほおばった。

夏目与一郎と玄斎も続く。

「おやきはうまいが……」

武家はあいまいな顔つきになった。

「オニオンがいささか苦いな」

夏目与一郎が顔をしかめる。

「もう少し細かく切って火を通したほうがいいぞ」

玄斎が忌憚なく言った。

「甘だれはおいしいと思います」

政太郎が言った。

「うん、削り節も合ってるね」

おすみも和す。

「オニオンが苦いのが玉に疵だな」

誠之助が苦笑いを浮かべた。

「あとから、苦さと、えぐみが、来るね」

明珍が座敷から言う。

「ちょいとおいらも」

陶工の一人が味見に加わったが、すぐさまうへえという顔つきになった。

「オニオンを入れなければ、いけるかもしれないんだが」

玄斎が首をかしげた。

「下手な役者が一人まじっているようなものですな」

夏目与一郎が言う。

どうもさんざんな言われようだ。

「かなちゃんはどう？」

おたねは娘にたずねた。

「……苦い」

おかながそう言って顔をしかめたから、夢屋に控えめな笑いがわいた。

そんなわけで、横浜土産のオニオンの初舞台はさんざんな出来で終わってしまった。

七

「水は毎日やっているんだが、どうだかね」

夏目与一郎が首をかしげた。

今日は畑仕事の帰りだ。横浜土産の種のうち、甘藍はもう手の内に入っているが、あとの二種は初めて手がけるものだった。暑さに弱いオニオンは後回しにして、雁降るわの種をまき、芽が出たところで移し替えて水をやりながら育てている。

ちなみに、誠之助が字引を調べてみたのだが、それらしいものは記載されていなかった。よって、雁降るわのままだ。

「そのうち、まかないでいただきますので」

匙を動かしながら、誠之助が言った。

「オニオンも慣れればこうして食べられるようになりましたから」

政太郎が笑みを浮かべた。

「みじん切りにしてよく炒めたら苦みが抜けるので」

おたねが言う。

「甘藍ほどじゃないが、少し甘みも出るからね」

夏目与一郎が言った。

オニオンがまだまだ余っていたから、ああでもない、こうでもないといろいろ試してみた。蒸しても苦みが抜けずに困ったが、色が変わるまでよく炒めれば食べられることは分かった。

ただし、鍋のほうに妙な色がついてしまって往生した。よく洗うと落ちたから事なきを得たが、一時は鍋を駄目にしてしまったかと思ったほどだった。

「汁に入れたら、だしも出るからね。ちょっと癖はあるけど」

おりきが厨から言った。

「おいらはオニオン汁は苦手だな」

持ち帰り場の太助が言う。

「あくを取ったら、観音汁の具には使えるよ。ほれ、何だっけ、え……」

おりきはこめかみに指をやった。

「エキュメ、ですよ、おりきさん」

誠之助が白い歯を見せた。

「ああ、そうそう、エキュメ」

あくを取ることをそう呼ぶ。いまは亡き佐久間象山が百科事典を調べて教えてくれた言葉だ。人は逝っても、教えや言葉は残る。

「ただ、まだお客さんには出せないかも」

おたねが首をかしげた。

「この焼き飯もな。オニオンの分の手間もかかるから」

誠之助がそう言って匙を置き、湯呑みに手を伸ばした。

よく炒めてからさらに焼き飯の具にすれば、オニオンも食べられることは分かった。ただし、あくまでもそれはまかない飯の話で、ちゃんとした値をつけた中食で使うのは荷が重い。

「苦みが欲しければ、葱を刻んで入れればいいだけの話だからね」

夏目与一郎が言った。

「言われてみればそうですね」

政太郎が笑みを浮かべた。

ここで、おかながおたねのほうへ駆け寄ってきた。

「貼ったよ、お母さま」

座敷のほうを指さして言う。

今日の手習いの紙を貼ったところだ。

「よくできたね」

本当は少し曲がっていたが、おたねは娘をほめてやった。

手習いの紙には、こう記されていた。

えびふらい

「海老不頼よりおいしそうだな」

誠之助が目を細くした。

「引札（広告）に使えるかも」

おたねも言う。

「ほんと、ころころしておいしそうです」

おすみも笑みを浮かべた。

「『おさまる焼き』もおかなちゃんに書いてもらったらどうだい」

夏目与一郎が水を向けた。

オニオンは入れないが、いくたびもまかないで試してきたおやきをいよいよ中食の膳の顔にすることになった。世の中が丸く治まるようにという願いをこめての「おさまる焼き」だ。

「うーん、また今度」

おかなが言った。

「断られてしまったよ」

夏目与一郎が苦笑いを浮かべる。

「なら、わたしが書くからね」

おたねが娘に言った。

「うん」

おかなは一つ大きくうなずいた。

八

二日後——。
夢屋の前に立て札が出た。

本日の中食

おさまる焼き膳　三十食かぎり　五十四文

具だくさんの甘だれおやき（お初のおさまる焼き）
ごはんとみそ汁　小ばち
世の中がまるくおさまりますやうに

「おっ、初物だぜ」
植木の職人衆の一人が指さした。

「甘だれって、串のやつか？」

「そうだろうな」

「なら、食ってくか。世の中が丸く治まったら上々吉だ」

「おう、そうしようぜ」

そんな按配で、のれんを出すなり次々に客が入ってきた。

「いらっしゃいまし」

「お座敷へどうぞ」

おたねとおすみの声が響く。

その後も客は続けざまに入ってきた。立て札だけではなく、前宣伝もしてある。太助などはだいぶ前から持ち帰り場でおさまる焼きのうまさを伝えていた。

「おいらがさんざん言っといた甲斐があったな」

どんどん入ってくる客を見て、太助はにんまりとした。

「でも、手が回らないよ。こりゃ大変だ」

おりきが手を動かしながら声をあげた。

たねをつくり、平たい鍋に油を引いて流しこみ、片面が焼けたところで、へらのようなものを二つ使ってひっくり返す。もう片面を焼いているうちに、焼けた面に刷毛で甘だれを塗り、青海苔と削り節を振りかけ、頃合いを見て皿に盛る。

膳だから、これにご飯と味噌汁と小鉢がつく。小鉢は香の物と煮豆の盛り合わせだ。

この膳を一人で仕上げるのは手間がかかる。数を三十にかぎっているとはいえ、一度にわっと来られるとお手上げだ。

「わたしが手伝います。おすみちゃん、一人でお運びを」

おたねが口早に言った。

「はいっ」

おすみがすぐさま答える。

「おいらも手伝うぜ」

太助も名乗りを挙げた。

「おまえさんは持ち帰り場の串を」

およしがあわてて言う。

「おまえが来たらややこしくなるから、太助。……あっ」

おりきが悲痛な声をあげた。

おさまる焼きをひっくり返すときにしくじってしまったのだ。ぐしゃっと割れてしまったものを出すわけにはいかない。

しくじりというものは、えてして数珠つなぎになってしまうものだ。助っ人に入ったおたねもしくじりをやらかしてしまった。

ひっくり返すのを忘れて、生焼けの面に甘だれを塗ってしまったり、塗り忘れて皿に盛ってしまったり、考えられないようなしくじりが出た。おりきはおりきで、今度はしっかり焼いてからひっくり返さなければと思うあまり焦がしてしまった。おすみまでつまずいて膳をひっくり返す始末で、もう泣きたいくらいのしくじり続きだ。

客の評判も芳しくなかった。

「まあ、食えねえことはないけどよ」

「飯と汁がついてるんなら、膳の顔は刺身とかがいいぜ」

「おう、煮魚とかよ」

「これじゃおさまらねえな」

「腹はふくれたけどよ」

「おれらに来たやつ、生焼けだったり焼きすぎだったり、ちっとも丸く治まってなかったぜ」

「かたちもな」

そんな按配で、夢屋の新たな中食の膳は一度かぎりになってしまった。

お好み焼きの歴史は存外に古い。

安土桃山時代にかの千利休が考案した「麩の焼き」が祖と言われているが、味噌などが入ったこれは茶菓子として供されていた。

江戸時代になると、味噌の代わりに餅が入った「助惣焼」が生まれる。これはどら焼きの祖型とも考えられている。

明治に入ると、いまに続くもんじゃ焼きや、どんどん焼きなどが生まれ、現在のお好み焼きにつながっていく。

さりながら、その長い歴史の中に「おさまる焼き」の名が刻まれることはなかった。

第七章　まぼろしの雁降るわ

一

横浜の聡樹から文が来た。

「どうです？　おまえさま」

文に目を通している誠之助に向かって、待ちきれないとばかりにおたねが問うた。

「伝助も慣れたし、傷も癒えたから、帰り支度をして江戸へ戻るということだ」

誠之助は笑顔で答えると、文をおたねに渡した。

「まあ、ほんと」

おたねはさっそく文をあらためた。

夢屋ノ出店ハ変ラヌ繁盛ブリ也
此レモ偏ニ伝助ガ人徳也
彼ノ者ニ任セテ置カバ大丈夫ト考ヘ候

そう記されている。

「見込みどおりだったな」

誠之助は上機嫌で言った。

「これなら出見世も安心ね」

文に目を通したおたねが笑みを浮かべた。

「聡樹さんが帰ってきたら、お祝いをしないとね」

厨からおりきが言う。

「そうね。横浜の土産話も聞きたいし」

おたねが乗り気で言った。

持ち帰り場のほうからにぎやかな声が響いてくる。

駕籠屋の江戸兄弟だ。

焼き飯を頼み、上に串をのせてわいわい言いながら食べている。

「こうやってのっけたら駕籠に見えるぜ」

先棒の江助が言う。

「そりゃ、見ようによっちゃ見えるけどよ」

後棒の戸助が首をかしげた。

「芝で有名、江戸で無名」が通り文句の双子の駕籠屋だ。

「でも、一緒に食ったらうめえだろう？」

持ち帰り場の太助が言った。

「おう、うめえ」

「中食の膳にしなよ」

「どうですかい？　おかみさん」

江戸兄弟がさえずる。

太助はおたねにたずねた。

「うーん、こないだのおさまる焼きはしくじったから」

おたねは慎重に言った。

「不頼膳は顔になったから、まあいいだろう」

誠之助はそう言って、おやきを口に運んだ。

今日はオニオンを胡麻油でよく炒めたものが入っている。つくるたびに良くはなっているのだが、さすがに中食の顔にするのは懲りた。

「なら、もうひと稼ぎ」

「行ってきまさ」

串をのせた焼き飯をわっと平らげた江戸兄弟がつとめに戻ると、夢屋は急に静かになった。

それを見計らっていたかのように、政太郎が口を開いた。

「ところで、先生とおかみさんに折り入ってお話が」

政太郎はそう言うと、座敷に切り花を飾っていたおすみを手招きした。

「まあ座って」

誠之助がおすみを兄の隣に座らせる。

「はい」

おすみは素直に座った。

どうやら兄からすでに相談は受けていたようだ。

「どうした。辞めるのかい？」

誠之助が先手を打って問うと、政太郎は一つうなずいてから答えた。

「はい。父がそろそろ大黒堂を継いでくれと言いだしまして。身がいささか大儀になってきたため、そろそろ学びをやめて、薬種問屋のあるじになってくれと」

「遅かれ早かれ、継がねばならない家業だからな」

誠之助が言った。

「ちょうど聡樹さんも帰ってきますし、入れ替わりに、わたくしは大黒堂に戻らせていただければと」

ややすまなそうに政太郎は言った。

「いただくも何も、おまえの都合で決めればいい」

誠之助は笑みを浮かべた。

「ありがたく存じます」

政太郎は頭を下げてから続けた。

「これまで学んできたことを家業に活かして、少しでも江戸の世のため人のためになるように励んでいきたいと思っております」

「その意気だ」

と、誠之助。

「気張ってくださいましな」

おたねのほおにえくぼが浮かぶ。

「たまにはこっちにも来てくださいね」

おりきも言う。

「ええ。妹の顔を見にまいりますので」

政太郎はそう言っておすみのほうを見た。

「すると、おすみちゃんは残ってくれるのね？」

おたねが察して問う。

「ええ。できれば、寺子屋の手伝いも続けさせていただければと」

おすみが改まった顔つきで言った。

「折り入っての話というのは、そのことだったんです」

政太郎が告げた。

「ああ、それなら歓迎だよ」

誠之助はすぐさま言った。

「おすみちゃん、教え方が上手だし」

おたねも和す。

「春吉も喜ぶよ」

持ち帰り場から太助が言った。

春吉はおかなを誘って遊びに行った。わらべたちが集まって遊ぶところは近くにいろいろある。

「なら、話は決まりだな」

誠之助が両手を打ち合わせた。

「はい。どうぞよしなに」

政太郎がまた頭を下げた。

二

聡樹が帰ってきたのは、それから四日後のことだった。

ちょうど中食の時で、みなあわただしくそれぞれのつとめを行っていた。

「おっ、聡樹さん、お帰り」

持ち帰り場の太助が真っ先に気づいた。

「お帰りなさいまし」

およしも和す。

「ああ、忙しいときに帰ってきてしまった」

聡樹は苦笑いを浮かべて中へ入った。

「あっ、聡樹さん、無事のお帰りで」

おたねの表情がぱっと晴れた。

「傷はいかがです？」

まずそれを気遣う。

「だいぶ癒えました。もう大丈夫です」

聡樹は右手を動かしてみせた。

刺されたと聞いたときはずいぶん案じたが、顔色も良く元気そうだ。

「せっかくだから、中食を食べなよ。まだあるよ」

おりきが厨から言った。

「『えびふらい』という貼り紙が出ていましたが」

ちょうど空いた一枚板の席に腰を下ろして、聡樹が言った。

「あれはかなちゃんの手習いなんですよ。今日は不頼膳で。……はい、お待たせいたしました」

おたねは座敷に膳を運ぶと、奥で寺子屋の支度をしている誠之助に聡樹が帰ってきたことを伝えに行った。

聡樹の膳はおすみが運んだ。

「お待たせいたしました。不頼膳でございます」

笑顔で膳を置く。

「これは、象山揚げですね」

と、聡樹。

「ええ。海老がたくさん入ったときは、こうして膳にしてご好評をいただいています」

おすみはにこやかに告げた。

「へえ。たれが甘辛の両方あらかじめついてるんだね」

聡樹が膳を指さす。

「はい、お好みのほうで。あ、それから、わたし、寺子屋のほうのお手伝いもさせていただいていますので、どうかよろしゅうお願いいたします」

おすみはそう言っておじぎをした。

桃割れの髷に挿した簪（かんざし）の飾りの鶴がふるりと揺れる。

「そうですか。夢屋も寺子屋もだと大変ですね」

聡樹は言った。

「ええ、気張ってやってます。あ、どうぞ召し上がってくださいまし」

おすみは身ぶりをまじえた。

聡樹が不頼膳を食べている途中に、誠之助が入ってきた。

おかなも一緒についてきた。

「おう、お帰り」

誠之助は右手を挙げた。

「ただいま帰りました。……わあ、大きくなったね」

聡樹はおかなを見て驚いたように言った。

「背丈も伸びて、手習いも上手に書けるようになったな」

誠之助が言う。

「はい」

おかなは笑顔で答えた。

「食べたら寺子屋をやるか？」

誠之助が水を向けた。

「そんな、帰ってきたばっかりなのに」

ばたばたと動きながら、おたねが言った。

「いや、出ますよ。わらべたちの顔も見たいので」

聡樹は白い歯を見せた。

「よし、なら今日は大勢でやろう」

誠之助が話をまとめた。

三

「そうかい、今日は教えるほうが四人もいるわけだ」

夏目与一郎がそう言って、松茸(まつたけ)の天麩羅に箸を伸ばした。

海も山も、秋の恵みを感じさせる季(とき)になった。

「政太郎さんがやめるので、ほんとに今日だけかもしれませんね、四人は」

おたねが言う。

「ついでにおかみも行けばよかったのに」

「五人も手習いの師匠がいたら驚きだぜ」

座敷に陣取った於六屋の職人衆が言った。

「そんなにいたって仕方ありませんから」

おたねは軽くいなした。

「あっ、終わったよ」

おりきが声をあげた。

寺子屋のほうからにぎやかな声が響いてきたかと思うと、わらべたちが我先にと持ち帰り場へやってきた。

「おっ、ちゃんと並べ」

持ち帰り場の太助が声をかける。

「おいらが先だよ」

「先に並んだぜ」

わらべたちが言い合いを始めた。

「こらこら、けんかするな」

「二人ずつ仲良く並んでね」

太助とおよしがなだめた。

「横浜の出見世も、ときどきこうして列ができるようになりましたよ」

聡樹が持ち帰り場を指さして言った。

これからみなでまかないだ。

「それは重畳だな」

誠之助がそう言って一枚板の席に腰を下ろした。

その隣に聡樹が座る。

政太郎とおすみのきょうだいは、於六屋の職人衆に断ってから小上がりの座敷に座った。

「じゃあ、お兄ちゃんの寺子屋は今日で終わり？」

おすみがたずねた。

「いや、今日来ていない教え子もいるから、次で終いにするつもりだ。きちんとあいさつして終わりたいからな」

政太郎が答えた。

「ああ、それはいいわね」

おすみが笑みを浮かべる。

「あとはおまえに任せたから」

兄が白い歯を見せた。

「おすみさんは教え方が上手ですから」

一枚板の席から、聡樹が言った。

「いえいえ、毎日気張ってやってるだけで」

おすみが首を横に振る。

「それがいいんです。わらべたちにも伝わると思います」

聡樹は笑みを浮かべた。

「で、お兄ちゃんのほうは薬種問屋のあるじになるんだって？」

「そこでも客に列をつくらせなきゃ」

「そんな薬種問屋はねえぞ」

秋刀魚(さんま)の塩焼きを肴に呑みながら、於六屋の面々がさえずる。

「細く長く、地道に、お客さまに喜ばれる薬をご提供していければと考えております」

政太郎がまじめな顔つきで言う。

「そりゃいい心がけだ」

「職人も一緒でさ、細く長く地道に」

「気張ってくださいまし」

相席になった櫛づくりの職人衆が励ました。

ここでまかない飯が出た。

炒めたオニオン入りの焼き飯だ。先にオニオンをよく炒めてから具として使う。二度手間だが、これならそれなりにうまい焼き飯になる。

ほかの具は、刻み葱、甘藍の軸、蒲鉾に煮豆の残りも入れた。まかないだから何でもありだ。

「これはいけそうですね」

いくらか食べた聡樹が笑みを浮かべた。

「胡麻油と醬油を多めにしてみたんだよ」

おりきが笑顔で言う。

「うん、うまい」

誠之助もうなずいた。

まかない飯は座敷の二人にも出された。

「あ、ほんと、オニオンがあんまり苦くない」

おすみが言った。

「ほんとだね。ちょっと変わってる夢屋らしい味だ」

政太郎がそう言って匙を動かした。

人が食べているものは、おのれも食べたくなるものだ。

「おれらも食いてえな」

「ちょっとずつでいいからよ」

於六屋の職人衆が手を挙げると、

「なら、わたしも」

と、夏目与一郎も続いた。

評判は上々だった。

「これなら、値をつけてもいいかもしれないね」

オニオン入りの焼き飯を食した夏目与一郎が言った。

「ただ、オニオンの残りがもう少なくて」

おたねが言った。

「江戸でつくれないの？」

猫たちにえさをやっていたおかながたずねた。

「これからつくるんだ。オニオンは寒くないと駄目らしいから」

夏目与一郎が答えた。

「雁降るわはどうなりました？　四目先生」

おたねはさらにたずねた。

「面目ないが、ありゃあわたしには荷が重かったな。早くも枯らしてしまったよ」

夏目与一郎は情けなさそうに答えた。

「それは残念でした」

と、おたね。

「横浜で育てばいいがね」

夏目与一郎はそこでふと狂歌師の顔になった。


　横浜より種をもらへる雁降るわあへなく枯れて味が分からず

即興で狂歌を詠む。

「ほんとに、どんな味がするんでしょう」

おたねが軽く首をひねった。

「食べてみたいものだな」

誠之助が言った。

だが……。

夢屋の面々が雁降るわことカリフラワーを口にすることはなかった。

横浜の試作はうまくいかず、明治期に入っても食用にはならなかった。

カリフラワーが普及するのは、進駐軍向けに栽培されるようになった第二次世界大戦後の昭和三十年代のことだった。

四

政太郎はその後、寺子屋のわらべたちに見送られて大黒堂へ戻った。後を託されたおすみは、中食は夢屋のお運びをし、その山が越えるやすぐさま寺子屋に向かって誠之助と聡樹の手伝いをした。

もともと習い事をいろいろしていて、字も上手だ。わらべの筆に手を添えて言葉をかけながら教えてやるさまは、誠之助も聡樹も感嘆するほどだった。

「はい、今日のまかないはたくさん炊いた中食の炊きこみご飯だよ」

おりきが笑顔で言った。

松茸に平茸（ひらたけ）に占地（しめじ）、それに油揚げと牛蒡（ごぼう）が入った茸の炊きこみご飯に、中食の膳には秋刀魚の塩焼きと観音汁をつけた。甘藍がたっぷり入った観音汁は夢屋ならではの味だ。客にはどれも好評で、またたくうちに三十食が売り切れた。

「ああ、おいしい」

おすみが幸せそうに言った。

「おいしいね」

隣で聡樹が笑みを浮かべた。

そのさまを見て、誠之助とおたねが目と目を合わせた。

先日の休みには、二人で芝居見物に行ったらしい。寺子屋でもずいぶんと話の花が咲くようになった。

みながまかないを食べ終えたころ、雛屋の佐市と杉田蘭丸がつれだって入ってきた。

さらに、もう一人いた。

誠之助と同門の武家の武部新右衛門だ。

「横浜から一緒に来たんです」

蘭丸が告げた。

「またどうして横浜へ?」

誠之助が武部にたずねる。

「それがしは神出鬼没で」

同じ象山門下の武家は戯れ言めかして答えた。

「諸国の情勢を探り、いろいろと網を張り巡らしておられるそうです」

道々、話を聞いてきたとおぼしい佐市が伝えた。

「なるほど。で、西のほうの動きは？」

誠之助がたずねた。

「将軍家茂公は大坂城に入ったきりで、嵐の前の静けさでしょうな。そやけど、今年はえらい暑かったんで」

近江出身の武家はそう言って額の汗をぬぐうしぐさをした。

「江戸も暑かったですけど」

酒器を運びながら、おたねが言った。

「上方は暑さで死人も出ました。駐留の幕府と諸国の兵には病人が相次ぎ、とても萩へ討って出るような気勢やなかったみたいですわ」

武部新右衛門は言った。

「ならば、すぐさまいくさにはならぬか」

誠之助が腕組みをした。

「諸外国もからんでますさかい、一寸先は闇ですけどな」

新右衛門はそう言って、冷や酒を口に運んだ。

その後は横浜の土産話になった。

居留地の外国人たちが騒いで一触即発になっていたので何事かと思ったら、到着した飛脚船の中で文の仕分けがなされておらず、なかなか渡されなかったために群衆が騒ぎだしたということだった。

「段取りが大事なのは洋の東西を問いませんな」

新右衛門がそう言って笑った。

「で、肝心の出見世のほうは？」

おたねがたずねた。

「伝助はよくやっていますよ」

蘭丸が言った。

「慣れというのは恐ろしいもので、いまでは片言の英語を操って結構通じています。あの客あしらいなら、この先も大丈夫でしょう」

佐市が太鼓判を捺した。

「それは良かった」

おたねのほおにえくぼが浮かんだ。

「わたしも食うてみたけど、風味豊かで実にうまいですな、亡き師から名を取った象山揚げは」

新右衛門が言った。

「横浜は象山先生が開いたようなものゆえ、きっと天から守っていてくださるでしょう」

誠之助がしみじみと言った。

「また横浜へ行ってみたい、お父さま」

おかなが歩み寄って言った。

「そうだな。今度は横浜のどこへ行く？」

誠之助がたずねた。

「んーと、ビアが出たりするところ」

おかなは少し思案してから答えた。

「おかなちゃんにはまだ早いよ」

蘭丸が笑う。

「お茶呑むから」

おかなは言い返した。

「どういうところか見たいのね？」

おたねが問うた。

「またいずれ、世の中がいま少し落ち着いたら、みなで横浜へ出かけよう」

誠之助が言った。

「うん。また軽業興行も見たい」

おかなは瞳を輝かせた。

「そうね。あれは楽しかったわね」

おたねも言う。

「そうそう。あの軽業興行を主催していたリズリーという男はそのまま横浜に住み着き、何やら新たなことを画策しているようです」

佐市が伝えた。

「まあ、何かしら」

と、おたね。

「そのうち分かるでしょう。うわさはわたしも聞きました」

蘭丸が笑みを浮かべた。


リズリーが画策した「新たなこと」が分かるのは、翌慶応二年(一八六六)二月のことだった。アメリカから牝牛六頭と子牛をつれてきたリズリーは、牧場を開き、四月には牛乳を売り出した。

日本における牧場も牛乳販売も、軽業興行主が始めたものだった。

第八章　新オムレット飯

一

秋が深まり、木枯らしが吹いたかと思うと、あっという間に年が押し詰まって新年になった。時が流れるのは速い。

慶応二年（一八六六）の正月だ。

正月の夢屋はもちろん休みだ。

幸い、天気も良かったから、みなで芝神明へ初詣に出かけることにした。

いくらか遠回りになるが、年始のあいさつを兼ねて三田台裏町の診療所をまず訪れた。

近くの長屋で長患いの患者たちが暮らしているから正月も長く空けることはできないが、弟子の玄気が留守を預かると言ってくれたので、玄斎と津女も一緒に行くことになった。

おたねと誠之助とおかな、玄斎と津女、おりきと太助とおよしと春吉。みなでぞろぞろと歩いて芝神明を目指す。

途中で江戸兄弟とすれ違った。初詣の客がいくたりもいるから、駕籠屋に正月休みはない。

「今年も、えっ、ほっ」

「よしなに、えっ、ほっ」

明るい声をかけて、名物駕籠屋は走り去っていった。

芝神明の門前には、夢屋にゆかりの見世が二つある。一つはもちろん雛屋だ。初詣客が来る正月は書き入れ時だから開いていて、佐市の姿もあった。

「今年もよしなに」

「あとでまた何か買いにまいりますので」

夢屋の夫婦はまずあいさつした。

「こちらこそ、よしなにお願いいたします」

雛屋のあるじはにこやかに言った。

もう一軒の見世は、およしがつとめていた小間物問屋の由良屋（ゆらや）だった。雛屋も由良屋も安政の大あらしのあとの火災でいったん焼けてしまったが、同じところに建て直して繁盛している。

「おお、大きくなったねえ」

春吉をつれたおよしがあいさつすると、あるじの寅助がわらべの成長ぶりに目を瞠った。

「ええ、どんどん背丈が伸びてきまして」

およしが笑顔で言った。

「そのうち、おとっつぁんは追い越されそうで」

太助が目を細める。

「そっちの嬢ちゃんも大きくなったね」

小間物問屋のあるじがおかなに言った。

「六つになりました」

おかなは両手の指で示した。

「そう。もう六つに」

寅助が大仰に驚く。

「ほんとに、子が育つのはあっと言う間で」

おたねが感慨を催しながら言った。

姉のおゆめは三つで逝った。おかなはその倍になろうとしている。

「では、今年もよしなに」

およしが由良屋のあるじに言った。

「ああ、みな達者で」

寅助がいい声を響かせた。

二

お参りを済ませた夢屋の面々は、門前の見世で休んでいくことにした。

新たにできた春日屋(かすがや)という見世だ。

汁粉に団子、それに茶飯にうどんまで出す。なかなかに品数が豊かで、品書きを見ていると目移りがした。

「かなちゃんは決めた?」

おたねはおかなにたずねた。

「うん。焼き団子に小うどん」

おかなは答えた。

「小うどんを添えられるのがいいわね。わたしもそうしよう」

おたねは言った。

「夢屋でも、小うどんや小飯を添えられるかもしれないね」

おりきが言う。

「なるほど、うどんが顔で飯がちょびっとつくわけだな、おっかさん」

と、太助。

「それなら幅が広がりそうだね」

玄斎が言った。

「小さい丼をつけても良さそうだ」

まず一献傾けながら、誠之助が言った。

「だったら、いつもしくじりをいただいてばかりで申し訳ないから、明珍さんに頼みましょう」

おたねが乗り気で言った。

注文した品は次々に来た。おたねと津女は正月らしく餅入りの汁粉だ。

「おかなちゃんは何をお願いしたの？」

津女がたずねた。

「おばあちゃんみたいなお医者さんになれますようにって」

おかなは元気よく答えた。

「まあ、お上手を、ほほほ」

そう言いながらも、津女は心底嬉しそうだった。

「また診療所においで」

玄斎の目尻にいくつもしわが寄る。

「うん。学びに行くので」

おかなは答えた。

万が一、はやり病にでも罹ったら大事だから、おたねも誠之助もあまり気乗りはしなかったのだが、おかながどうしても医者の診療ぶりを見て学びたいと言うので、折にふれて孫の顔を見せがてら診療所へつれて行っている。きちんと座って見ているおかなは患者たちにも大の人気で、駄賃をもらってくることまであった。

夢屋に戻ると、母を相手に医者ごっこを始める。おたねが忙しいときは、さちとふじが患者役だ。

「お加減はいかがですか?」

などと問われた猫はきょとんとしている。

「ちょうどいいですね、小うどん」

およしがおりきに言った。

「そうだね。小うどんが細打ちなのがまたいいよ」

と、おりき。

「おいら、大うどんのほうがいいがな」

太助はいくらか物足りなさそうだ。

茶飯と小うどんの組み合わせ膳だ。

「物足りなければ、焼き団子も追加できる。なかなかよく思案されているよ」

そう言った誠之助がほどなく本当に焼き団子を頼んだから、場に和気が満ちた。

「なら、おいらも」

太助が手を挙げる。

「いいあきないをしているね」

玄斎が笑みを浮かべた。

三

正月の三が日が終わった。

夢屋の前に、また明るい萌黄色ののれんが出た。

立て札には、こんな紙が貼られていた。

ことしもよしなにおねがいたします

本日の中食
おさしみ膳　三十食かぎり

初めは小うどん付きにしようかとも思ったのだが、春日屋の真似と言われかねないからやめにして、素直な膳にした。

芝の浜の漁師たちは、海太郎を筆頭とする五人兄弟をはじめとして顔なじみが多い。年始めとあって、ことに気を入れていい魚を届けてくれたから、刺身の盛り合わせにした。鯛に伊勢海老に寒鮃、どれから食べるか箸が迷うほどだ。

「年明けから豪勢じゃねえか」

「今年もやっぱり夢屋だな」

客の評判は上々だった。

二幕目からは常連が次々に顔を見せてくれた。

伊皿子焼の陶工衆が来たので、さっそく小さな丼を注文した。

「あたたかい色合いで、ほっこりするような丼にしたいんです」

おたねはそんな望みを伝えた。

「承知で。字は、入れますか」

明珍が問う。

「どうしよう、おまえさま」

おたねは誠之助に問うた。

「入っていたほうがいいな。漢字の『夢』か仮名の『ゆめ』だな」

誠之助は答えた。

寺子屋は明日からだから、今日は見世のほうに出ている。

ちょうどおかなが来たから、どちらがいいかと訊いてみた。

「んーと、お姉ちゃんの名前で」

おかなは姉が普通に生きているかのように言った。

「仮名の『ゆめ』ね？」

おたねが問う。

「うん」

おかなは力強くうなずいた。

「なら、気を入れて、つくるよ」

窯元が笑みを浮かべた。

その後は夏目与一郎と平田平助がつれだって現れた。

「今日は水練じゃねえんですかい？」

太助が持ち帰り場から問う。

「さすがに水が冷たいんでな」

平田平助が言った。

誠之助をまじえた三人に、ほどなく舌だめしの料理が出た。

「小さい丼はいま明珍さんにお頼みしたばかりなので、今日のところは茶碗蒸し用のお碗で」

おたねがそう断って出したのは、玉子とじ深川丼だった。

以前から大きな丼では出しているが、小ぶりの丼でも出す試しをしてみた。このたびは刻み海苔もあしらって小粋にまとめてある。

「うん、うまいね」

夏目与一郎が言った。

「こりゃあ、うどんと組み合わせるのかい?」

暇な武家が問う。

「ええ、そのつもりで」

と、おたね。

「逆に、小うどんをつけてもいいかと」

手を動かしながら、おりきが言った。

「ああ、そりゃ飛ぶように出るよ」

元与力の狂歌師が太鼓判を捺した。

「両方大きいと胃の腑がふくれすぎますからなあ」

平田平助がそう言って、おのれの腹をぽんとたたいた。

「これならいけそうだな」

舌だめしを終えた誠之助が笑みを浮かべた。

「なら、いろいろ組み合わせを思案してお出ししましょう」

おたねが厨に声をかけた。

「あいよ」

女料理人のいい声が返ってきた。

四

夢屋の中食の幅が広がった。

玉子焼き飯に小うどんをつけたときは大好評で、あまり日をおかずしてまた同じものを出したほどだ。

「焼き飯だけでもうめえけどよ」

「おう、胡麻油の香りがぷーんとしてよ」

「醬油の香りもいいぜ」

「この小うどんの按配がまたいいじゃねえか」

「ゆでた小松菜と紅白の蒲鉾に竹輪、焼き飯と代わる代わるに食ったらうめえ」

なじみの大工衆が口々に言った。

小うどんは不頼膳にもつけて好評だった。うどんを打つ手間はかかるが、太助が春吉にも手伝わせながら調子よく打っていた。

逆に、うどんを主にして小丼をつけることもあった。

大きな海老天うどんに玉子とじ深川小丼をつけたときは、夢屋の歴史に残るほどの好評を博した。

中食の膳はおたねとおすみばかりでなく、聡樹も手伝った。

さすがに横浜の出見世をずっと切り盛りしていただけのことはある。声がよく出て、鮮やかな客あしらいだった。

「お待たせいたしました」

「毎度ありがたく存じます」

気持ちのいい声が出る。

同じ膳運びのおすみとの息もぴったりだった。

「玉子雑炊(ぞうすい)膳、おあと三膳です」

「はい、承知。お客様までで打ち切らせていただきます」

「まことに相済みません」

「またのお越しを」

おたねが謝るまでもなく、聡樹とおすみがいちばん難しいところを乗り切ってくれるから大いに助かった。

そんな聡樹とおすみを見て、常連客は折にふれて軽口を飛ばした。

「ずいぶん息が合ってるじゃねえか」

「いっそ二人で見世をやんなよ」

「そうそう、夫婦になってよう」

そんな声をかけられた若い二人は、耳まで真っ赤になるのが常だった。

「仲が良さそうね、聡樹さんとおすみちゃん」

ある晩、おたねが誠之助に言った。

「そうだな。聡樹も坂井家の長男ではないから、おすみちゃんを女房にして市井に生きるようにしてもいっこうに差し支えないだろう」

「おまえさまのようにね」

おたねが笑みを浮かべた。

「そう。そのうち、市井も何もないような世の中になるやもしれぬし」

誠之助は答えた。

「どんな世の中でしょう」

おたねはたずねた。

「それは……分からぬな」

いくらか思案してから、誠之助は答えた。

五

二月の半ば――。

夢屋ののれんを珍しい客がくぐった。

その先触れをつとめたのは、象山門下の武部新右衛門だった。諸国に張り巡らせた人脈をたどり、相変わらず神出鬼没の動きをしているらしい。

「今日は珍しい御仁をつれてきましたで」

武部新右衛門は上方訛りで言った。

「ほう、どなたかな」

一枚板の席で呑んでいた夏目与一郎が顔を上げた。

寺子屋を終えた誠之助と聡樹とおすみは、座敷で今後の手習いの進め方について相談をしているところだった。

「ほな、どうぞ」

新右衛門が表に声をかけた。

やや気を持たせてから、一人の武家がのれんをくぐってきた。

「まあ、福沢さま」

おたねが声をあげた。

夢屋に久方ぶりに姿を見せたのは、福沢諭吉だった。

「ご無沙汰をしておりました」

かつて夢屋の座敷で佐久間象山と意気投合した男が笑みを浮かべた。

「おお、これはこれは」

誠之助が急いで出迎える。

座敷のおすみが急いで下り、代わりに夏目与一郎が同席することになった。

「おまえさま、福沢さまが見えられたのなら、あれを」

おたねが小声で問うた。

「あれか」

誠之助は笑みを浮かべた。

かくして、横浜土産のペール・エールに出番がやってきた。

料理はまず象山揚げだ。ここで談論風発した佐久間象山ゆかりの象山揚げが次々に出る。

「ああ、ビアはうまい」

福沢諭吉は心底うまそうにビアを呑んだ。

「とっておいた甲斐がありました」

おたねが笑みを浮かべた。

「この象山揚げもうまいですな」

福沢が満足げに言う。

「すっかり夢屋の顔になりましたから」

と、誠之助。

「横浜の出見世でも、居留地の外国人に大の人気です」

実際に切り盛りしていた聡樹が伝えた。

「これなら、フランスの万国博覧会で実演しても大の人気でしょう」

福沢がそう言って、またビアを口に運んだ。

こういうときのためにとっておいた、縦に細長いぎやまんの酒器だ。

「万国博覧会とは？」

武部新右衛門が訊いた。

「諸国から名物や名産品を持ち寄り、さまざまな展示をして競う試みで、まだここだけの話だが、フランスの万国博覧会にはわが国も出品を画策している」

福沢はいくぶん声をひそめて告げた。

「ほう、どういうものを」

　夏目与一郎が問うた。

「それはこれから諸侯に募ろうとしているところで。今月中にも触れが出るでしょう」

　福沢諭吉は言った。

「集まりが芳しくなければどうします？」

　誠之助がたずねた。

「そうなったら、町人からも募集することになるでしょうな」

　福沢は答えた。

　その後はいまは亡き象山と肉食奨励で意気投合した話になった。

「遠からず、肉食が当たり前の世の中になるやろな」

　ビアのみならず、ほかの酒も呑んだ福沢諭吉は、適塾で学んだ大坂の訛りで言った。

「夢屋もそういう料理を出さないとね」

　夏目与一郎があおる。

「鶏でだしをとった観音汁などはお出ししていますけど、オニオンの練り焼きなどは大しくじりでしたから」

　おたねが答えた。

「ああ、あれはまずかった」

福沢が露骨に顔をしかめた。

「おかみの前やが、いままでに食べたまずい料理の五本の指に入る」

海外渡航経験豊かな男が片手の指をみな開いた。

「そら、よっぽどまずかったんやろな」

武部新右衛門が笑った。

「なら、うまい料理の五本の指に入るものもつくらないとね」

夏目与一郎が水を向けた。

「だったら、オムレット飯はどうだ？」

誠之助がおたねに水を向けた。

夢屋の名物料理の一つであるオムレット飯は、その後少しずつ改良を加え、常連の好評を得てきた。

「玉子、まだあるよ」

おりきが厨から言った。

いつしかこれはおたねの持ち料理ということになった。玉子で焼き飯を巻くところにこつが要るから、慣れている者のほうがいい。

「そら、楽しみやな」

福沢がそう言ったので、おたねも後へ引けなくなった。

気を入れ直し、焼き飯からつくる。まだ少しだけオニオンが残っていたから、よく炒めて具に加えた。

玉子は中がとろとろの状態で仕上げるとうまいことが分かった。平たい鍋をどう動かすかも腕の見せどころだ。

「はいっ」

平皿をかぶせて裏返すと、焼き飯は物の見事にオムレットで包まれた。

「お見事」

おりきが声をかける。

あとはたれをかけるだけだ。これもいろいろと工夫して、持ち帰り場の串の辛だれをだしでのばしたものにしてみた。玉子に甘みがあるから、これでちょうど合う。

付け合わせに甘藍の甘酢漬けを添えれば、夢屋の新たなオムレット飯の出来上がりだ。

「お待たせいたしました。オムレット飯でございます」

おたねが座敷に運んだ。

「おお、こらめでたい山吹色や」

福沢諭吉は喜んで受け取ると、さっそく匙を動かした。

みながその様子をじっと見守る。

「うん、うまい。玉子がとろとろや。焼き飯もうまい」

福沢は笑みを浮かべた。

「うまい料理の五本の指に入りましょうか」

誠之助が問うた。

福沢諭吉は、もうひと口食してから答えた。

「入るで。太鼓判や」

その言葉を聞いて、おたねも満足げな笑顔になった。

第九章　二重折詰弁当

一

ほうぼうから花だよりが届いた。

毎年、花見の季節には弁当の注文が入るが、今年はことに多かった。

どういうわけか、江戸で折詰弁当が大の人気になったのだ。どの弁当に華があるか、値（あたい）が得か、かわら版が出て番付までつくられた。

「夢屋は入（へえ）ってねえな」

かわら版を見て、太助が言った。

「そりゃ、まだ始めたばっかりだから」

おりきが言った。

「でも、評判だから、そのうち入るかも」

およしが乗り気で言う。

「春吉が継ぐころには入るよ」

おりきがそう言ったから、夢屋に笑いがわいた。

「できれば、おいらの代で入りてえな」

太助が苦笑いを浮かべる。

「あ、そうだ。折詰を二段にすることもできるかも」

おたねがふと思いついて言った。

「飯とおかずを分けるのかい？」

おりきが厨から問うた。

「ええ。いまふっと思いついただけなんだけど」

おたねがこめかみに指をやった。

「おかみの思いつきは鋭いからね」

二幕目にいち早く来て一枚板の席に陣取った夏目与一郎が言った。

「若えやつは飯を食うから、そのほうがいいかもしれねえな」

その隣から隠居の善兵衛が言う。

「紅白の紐で二段を結わえたら、豪華なお弁当に見えそう」

おたねがなおも知恵を出した。

「飯ばっかり一段にたんとあっても、げんなりするかもしれないけどね」

おりきが首をかしげた。

「どうだい、明珍さんたち、そのうち花見に行くんだろう？」

小上がりの座敷に陣取った伊皿子焼の陶工衆に、夏目与一郎がたずねた。

「そうね。一段目には、俵結びとか、漬物とか……」

明珍が鯰髭に手をやった。

「玉子焼きとか、青菜のお浸しとか」

「おめえ、そりゃおかずの折詰のほうだぜ」

「いや、おかずのほうの顔はえびふらいだからよ」

「あ、そうか」

陶工衆がさえずる。

小腹が空いたというので、春らしい筍の炊き込みご飯を小丼で出した。

むろん、伊皿子焼だ。「ゆめ」という見世の名が入った小さな丼は、のれんほど鮮やかな色合いではないが萌黄色に近づけた黄色と、華やかな桜色の二種がある。いずれも中食の膳に添えると存分に映えるというもっぱらの評判だった。

「えびふらいのたれは、やっぱり甘辛の二つを入れて、お好みのほうをつけて食べられるようにしたほうがよさそうね」

おたねが言った。

おかなの手習いを貼り紙に出したあと、海老不頼ではなく仮名のえびふらいのほうにすっかり定まった。そのえびふらいを折詰に入れ、それなりに好評だったものの、改めるべきところもあった。

「文句を言ってたからな、於六屋の連中」

おっつけ寺子屋から帰ってくるわらべたちのためにはんぺんの串を揚げながら、太助が言った。

「そうそう、言いたい放題で」

おりきが苦笑いを浮かべた。

「花見に折詰弁当は良かったけどよ。えびふらいに初めからたれを塗っとくのはどうかと思うぜ」

「そうそう。おいらは辛だれで食いたかったのによう」

「こっちは甘だれだ」

「真ん中の味にして塗っちまったら、どっちからも文句が出るぜ」

「それに、たれがしみすぎてべたっとしちまって」

櫛づくりの職人衆からは忌憚ない文句が出た。

「終いには、揚げたてじゃねえってまで言いやがって、弁当なんだから仕方ねえだろうって」

太助が言う。

「そりゃそうだが、たれは分けといたほうがいいかもしれねえな」

善兵衛が言った。

「それだとやっぱり二段重ねかしら」

と、おたね。

「老舗(しにせ)の折詰にはそういうものもあるからね」

もと与力の狂歌師が言う。

「へえ、そうなんですか」

おりきが言った。

「番付に載ってる弁松(べんまつ)ので食べたことがあるよ。あれはなかなかに乙なものだったね」

夏目与一郎がそう言って、焼き蛤(はまぐり)に箸を伸ばした。

春の恵みは数々あるが、貝もその一つだ。蛤は焼いてよし、吸い物によし、時雨煮にしてもうまい。

「弁松のはお大名も食ってたくらいだからな」

隠居がそう言って、猪口の酒を呑み干した。

弁松は由緒ある弁当屋だ。

文化七年（一八一〇）、樋口与一という男が越後から江戸に出てきて、日本橋の魚河岸に樋口屋という飯屋を開いた。盛りのいい飯屋はずいぶんと繁盛していたが、魚河岸で働く男たちはせわしなく動かねばならない。せっかくの盛りのいい食事も、中途で泣く泣く席を立たざるをえなくなることもあった。

そこで、与一は思案した。

召し上がれなかったものは、経木もしくは竹の皮に包んで持ち帰れるようにしてみたらどうだろう。

ものは試しとやってみたところ、ずいぶんと好評を博した。これが折詰弁当の始まりだ。

二代目の竹次郎は、初めから竹皮に包んだ弁当を売り出した。これまた大好評だった。

三代目の松次郎の代になると、弁当のほうがおもになった。弁当屋の松次郎は「弁松」と約められ、ついには弁当だけのあきないになった。嘉永三年（一八五〇）のことだ。

「そこまでいかないまでも、もうちょっと評判になるような弁当にしたいね」

おりきが言った。

「ほんと。みな競うようにお弁当に力を入れだしたから」

と、おたね。

「かわら版の力も馬鹿にならないね。こんなに猫も杓子も弁当弁当と言いはじめるとは」

夏目与一郎が言う。

さまざまな時の波が打ち寄せては返すのが世の習いだが、今年の春は江戸に弁当の波が来ている。

「なら、おれらの花見の弁当で番付に入ってくだせえ」

「舌だめしならいくらでも」

陶工衆がさえずる。

「では、日取りが決まりましたら、気を入れてつくりますので」

おたねが言った。

「うちらの花見は盛りが過ぎてからだね」

と、おりき。

「そうですねえ。花の盛りはお弁当づくりもあって忙しいかも」

おたねがそう答えたとき、坂の上手のほうからにぎやかな声が響いてきた。

寺子屋が終わったのだ。

二

「はい、みんな並んで」

春吉が声を張りあげた。

寺子屋帰りのわらべたちが楽しみにしている串だ。今日は海老に甘藷にはんぺんの三種がそろっている。

「おかなちゃんも並ぶの？」

およしがたずねた。

「うん。今日は持ち帰り場の甘藷を食べたい気分なので」

おかなは大人びた口調で答えた。

先日はまた津女の診療ぶりを見に行った。脈の取り方や心の臓の音の聞き方などを教えると、すぐ呑みこんだから祖母が驚いたほどだ。学びの度がずいぶんと進んでいるから、いずれ大人向けの医術書なども読めるようになるかもしれない。

「その日によって変えればいいよ」

夏目与一郎が目を細めた。

「背丈も伸びて何よりだな」

善兵衛も和す。

「あ、今日の焼きうどん、おいしいね、聡樹さん」

まかないを食べながら、おすみが言った。

一枚板の席が窮屈だから誠之助は座敷の上がり框(かまち)に腰かけ、若い二人に譲った。

「そうだね。いつもより少し細くて、甘藍とよく合ってる」

聡樹が笑みを浮かべた。

「ほんと、四目先生の甘藍がおいしいです」

おすみが夏目与一郎に言った。

「横浜からもらった種のうち、うまく育ったのは甘藍だけだったからね」

夏目与一郎は少し苦笑した。

「なかなかうまくはいかないですよ」

おたねがなだめる。

「人が食ってるのを見ると、おのれも食いたくなるな」

善兵衛が言った。

「それ、わたしも、同じ」

座敷で明珍も手を挙げる。

「できるんなら、おいらも」

「えーい、乗ってやれ」

陶工衆からも次々に手が挙がった。

「これからうどんを打つのでよければ」

厨からおりきが答えた。

「ああ、いいぜ」

「しばらく呑んでるからよ」

座敷の陶工衆が答えた。

「おっかさんが打つのかい？」

持ち帰り場のわらべたちをさばきながら、太助が問うた。

「うどん打ちはおまえのつとめだろう、太助」

おりきはすぐさま答えた。

「すぐ手は回らねえよ」

と、太助。

「では、わたしが打ちましょう。切りは下手なので無理ですが」

聡樹がそう言って、残りの焼きうどんを急いで平らげた。

「腕は大丈夫？　聡樹さん」

おすみが気遣う。

「ああ、もう大丈夫だよ」

聡樹は白い歯を見せた。

「聡樹先生、しっかり」

「気張れ」

思い思いの串をほおばりながら、わらべたちが声援を送る。

それに応えて、聡樹はねじり鉢巻きでうどんを打ち出した。

「この甘藍は、本当に甘みがありますね」

誠之助が焼きうどんを味わいながら言った。

「同じ甘藍でも種が微妙に違うようだね。雁降るわとオニオンは枯らしてしまったけれど、なんとか面目は立ったかもしれない」

夏目与一郎が言った。

「オニオンは難しかったですかい」

善兵衛が問う。

「江戸の土だとどうだろうかねえ。それに、寒いところじゃないと難しそうだ」

夏目与一郎は首をひねった。

「松代も冬は寒いから、どうにか少し育ったのかもしれませんね」

誠之助はそう言って、残りの焼きうどんを胃の腑に落とした。

オニオンすなわち玉ねぎが栽培されるようになったのは明治に入ってからで、わが国では存外に新しい野菜だ。

明治四年（一八七一）、北海道開拓の一環として栽培が始まり、のちに農学校のアメリカ人教師が新たな種を導入した。

明治二十一年（一八八八）には兵庫県の県議会議員が玉ねぎを輸入し、淡路島で試作を始めた。これがいまに至る淡路島名産の玉ねぎの始まりだ。

しかし、本格的に食されるようになるのは、昭和の時代を待たなければならなかった。

三

麺は太助が器用に切り、おりきがゆでた。

いい按配にゆであがったうどんを冷たい井戸水でいったんきゅっと締め、焼きうどんに持っていく。手間はかかるが、玉子や蒲鉾なども入った自慢の味だ。初めは醤油だけだった味に、串のたれやだしや味醂などが加わり、一段と深みが出てきた。

「うん、待った甲斐、あったね」

明珍が笑みを浮かべた。

「ほんとでさ。甘藍がいい脇役で」

善兵衛も満足げに言う。

「おいらも食いたくなってきたな」

持ち帰り場が暇になった太助が言った。

「おいらも」

春吉が元気よく手を挙げた。

「なら、つくってあげるよ」

おりきが笑顔で答えた。

そんな按配で、焼きうどんにおのおのが舌つづみを打っていたとき、風呂敷包みを背負った若者が急ぎ足でのれんをくぐってきた。

「まあ、政太郎さん」

おたねがまず声をかけた。

「ご無沙汰しております」

政太郎がいい声を響かせた。

「日焼けしたじゃないか、政太郎さん」

太助が白い歯を見せた。

「ええ。外を回っていますので」

薬種問屋の跡取り息子が答えた。

「あきんどの顔になってきたよ」

師の誠之助が言う。

「ただのあきんどではなく、良い薬をみなでつくってあきなう問屋を目指していますから」

大黒堂の跡継ぎが言い返した。

「そうか。それはいい志だな」

誠之助は笑みを浮かべた。

そんな話をしているあいだ、聡樹とおすみは小声で何やら話をしていた。政太郎が姿を現したから、急に相談を始めたようだ。

「気張ってやってるのねえ、政太郎さん」

おたねが笑みを浮かべた。

「お薬の売り込み？」

おかながまっすぐに問う。

「そうだよ。ほうぼうのお医者さんを回って、お使いいただけないかと試しの品を渡したりしているんだ」

政太郎は答えた。

「じいじとばあばの診療所にもあるのよ、大黒堂さんの毒消散（どくしょうさん）は」

おたねが教えた。

「ふうん、すごいね」

おかなは感心の面持ちで言った。

そこで聡樹が意を決したように立ち上がった。

おすみも続く。

「政太郎さん。折り入ってお話があるのですが」

あまり見たことがない硬い顔つきで言う。

「はい、何でございましょう」

政太郎が答える。

「ちょっと甘味処にでも、お兄ちゃん」

おすみが言った。

「ここじゃ駄目なのかい？」

政太郎はけげんそうに問うた。

「いささか内々（ないない）の話なので」

聡樹はそう言って額の汗をぬぐった。

「そんなに時は取らせないから」

おすみが言う。

「そうかい。じゃあ、街道筋で」

まだややあいまいな顔つきで政太郎は答えた。

ほどなく、三人は夢屋から出て行った。

「謎の密談の首尾やいかに、だね」

ややや芝居がかった口調で、夏目与一郎が言った。

「何の相談だろう」

誠之助が首をひねった。

「さあ、何でしょう」

思い当たるふしのありそうな顔でおたねは答えた。

四

聡樹とおすみが政太郎にどんな相談をしたのか、はっきり分かったのは花ざかりの頃だった。

その話を聞いて、夢屋の面々も常連客もこぞって笑顔になった。

横浜で奇禍に遭い、右腕を負傷して出見世を続けられず、江戸へ帰ってきた聡樹だが、禍（わざわい）は転じて福と化した。

同じ寺子屋でわらべを教えるおすみを見初（みそ）め、いずれ夫婦になることが決まったのだ。

このあいだ、兄の政太郎を甘味処へ連れ出したのは、そのあたりの相談をするためだった。

むろん政太郎も、もろ手を挙げて賛成してくれた。こういう段取りを進めるのは勢いだ。聡樹は日をおかずに大黒堂を訪れ、まだあるじをつとめているおすみの父の承諾を得た。坂井家には文を送り、そのうちにおすみを引き合わせる旨をしたためておいた。継ぐべき家はない三男坊だから、これで差し支えはない。

「ほんとに良かったね、おすみちゃん」

一緒に厨で花見弁当をつくる手を動かしながら、おりきが言った。

「ありがたく存じます」

おすみは味のしみた稲荷揚げに酢飯を詰めながら頭を下げた。

かねてよりの相談どおり、今年の夢屋の花見弁当は二重の折詰にした。飯の段も二つのものを組み合わせれば、見た目が華やかで飽きも来ない。今日は俵結びと稲荷寿司の取り合わせだ。ただの飯と炊き込みご飯、二種の俵結びにしたり、散らし寿司と焼き飯にしたり、いろいろと工夫ができる。

「聡樹さんが刺されたと聞いたときはものすごく案じたけれど、翌年の春にこんなおめでたいことになるとは」

花たまごをつくる手を動かしながら、おたねが言った。

「おいらとおよしだって、大あらしの取り持つ縁だったからよ」

持ち帰り場でえびふらいを揚げながら、太助が言った。

「災いがあったって、ぐっとこらえて辛抱していれば、やがてはきれいな花が咲くんだよ」

おりきが笑みを浮かべた。

「そうそう。ここにも一つ、ささやかな花が」

おたねは鮮やかな切り口になったものを掌に載せた。

花たまごだ。

ゆで玉子の殻をむき、熱い湯にくぐらせる。まだ熱いうちなら玉子のかたちを変えられるのだ。

玉子の両端を切り、布巾を巻いて五本の丸箸を同じ間合いであてがい、紐でしっかりと留める。四半刻（約三十分）ほど置いて玉子のかたちがしっかりと定まったら、食紅を溶いた水にくぐらせて色をつける。

これを二つに切れば、いまのおたねの手に載っているもののごとく、鮮やかな色の花たまごになる。

「わあ、きれい」

おかなが華やいだ声をあげた。

みなが忙しそうにしているのを見て手伝うと言いだした。そこで、切り干し大根の煮物と青菜のお浸しを盛り付ける役を与えてみた。おかずのほうの折詰には中仕切りを入れたから、そこにほど良く盛っていくだけでいい。

「これはいちばんあとに、思いをこめて盛り付けるからね」

おたねは娘に言った。

「わたし、やりたい」

おかなが乗り気で言った。

「いいよ。その前に受け持ちをちゃんとやってね」

おたねは笑みを浮かべた。

「うんっ」

元気のいい声が返ってきた。

「はいよ、おとう」

春吉もえびふらいを手伝っていた。

串打ちはおよしの受け持ちだ。家族で力を合わせて、流れるようにえびふらいを揚げていく。

「油はしっかり切るんだよ、太助」

小鯛を焼きながら、おりきが言う。

「分かってら」

太助はすぐさま答えた。

えびふらいと小鯛は多めに仕込み、中食の膳の顔にすることにしていた。ほかに玉子焼きとお浸しも加えた盛り合わせ膳だ。陶工衆ばかりでなく、芝の浜の漁師たちの花見弁当もあるから忙しい。

「ご飯のほうの折詰はあらかたそろったわね」

おたねが一枚板の席を見て言った。

まだ客が入っていないから、そこに折詰を並べてある。

「この忙しさだと、うちらの花見はだいぶ先になりそうだね」

おりきが言った。

「おおかた散ってからじゃねえか？」

と、太助。

「葉桜も風情があるので」

おたねが言う。

「何なら、桜は見送ってつつじや藤でもいいしね」

おりきが笑みを浮かべる。

「その季にもお弁当の注文がたくさん入ったら行けないけど」

おたねが答えた。

「秋には紅葉見物もあるし、それじゃなかなか行けないよ」

と、おりき。

「やっぱり葉桜だな。好きこのんで葉桜を見に行くやつはあんまりいねえだろうから」

太助が言った。

「その時分は初鰹にみんな浮かれだすから」

およしも言う。

「はい、おしまい」

おかなが声をあげた。

「よくできたね」

おすみがすぐさまほめた。

「ちょっと見てあげるから」

おたねが出来栄えを見て、少しずつ箸で直していった。

背丈が足りないから台を使ったのだが、いくらか遠くのほうの盛りが寂しくなっていた。

それを直してやると、きれいな仕上がりになった。

「あんまり多い少ないがなくて、いい按配よ」

おたねがほめてやると、おかなは満足げな笑みを浮かべた。

五

先に弁当を取りに来たのは、浜の漁師たちだった。

「いま仕上げますので」

おたねがあわてて言った。

「急がなくてもいいからよ」

網元の富次(とみじ)が言った。

「おっ、おかなちゃんも手伝ってるのかい」

五人兄弟の長男の海太郎が言った。

「うん。仕上げの花たまごを飾ってるの」

おかながそう言って、次の花たまごをていねいに置いた。

「ほんとは折詰を開けたら『わあっ』と驚いていただきたかったんですけど、手が間に合わなくて」

おたねがすまなそうに言った。

ここで誠之助と聡樹も手伝いに出てきた。できあがった折詰は二重にして、紅白の紐で結わえねばならない。その役も要り用だ。

「まあ、文ちゃん、大きくなったね」

久々に顔を見せたわらべ、いや、すっかり若者の面構えになった見知り越しの者に、おたねは笑顔で声をかけた。

夢屋と縁があったおやすの連れ子の文造だ。

「こんにちは」

背丈が伸びた文造が頭を下げる。

「漁の手伝いも気張ってやってるんで」

おやすと夫婦になった海太郎が日焼けした顔をほころばせた。

下の弟たちも次々に女房を娶り、子が生まれているから芝の浜はにぎやかだ。

「うちの子と一緒だね」

太助が笑みを浮かべた。

海の男たちばかりでなく、女たちの顔もあった。

「まあ、お久しぶりで」

おたねがおやすに声をかけた。

「ご無沙汰しております。子育てと浜仕事で、なかなかこちらには顔を出せなくて相済みません」

おやすがわびた。

「達者そうで何よりね」

おたねのほおにえくぼが浮かんだ。

「ええ。今日はお弁当を楽しみにしてきました」

「心をこめておつくりしましたので」

「子供たちと一緒に、一つずつ味わいます」

おやすが笑顔で答えた。

「うちもめでてえことがあって、聡樹さんとおすみちゃんが夫婦になるんでさ。そのうちややこが生まれてにぎやかになるでしょうよ」

太助がべらべらしゃべる。

「おう、めでてえこって」

網元の日焼けした顔がほころぶ。

「浜からこちらの寺子屋へ通ってるわらべもいるから、今後ともよしなに」

漁師たちを束ねる浜太郎が頭を下げた。

海太郎を筆頭とする五人兄弟の父親で、いくらか腰は曲がってきたものの、まだまだ達者そうだ。

「こちらこそ、よしなにお願いいたします」

聡樹とおすみがていねいに礼をする。

「うちの子も来年から通わせるんで」

「漁師でも読み書きはできねえとな」

「夢屋の寺子屋なら安心だ」

海の男たちが口々に言った。

そうこうしているうちに、二重の折詰弁当が次々にできた。

上下を紐で結わえ、さらにいくつかを大きな風呂敷包みでまとめていく。

「おいら、運ぶぜ」

海三郎が手を挙げた。

「おいらは大徳利で」

海四郎が腕まくりをした。

「おいらは茶を」

末っ子の海五郎もすっかり頼もしくなった。

「なら、もらってきまさ」

海太郎が右手を挙げた。

「毎度ありがたく存じます。楽しんできてくださいまし」

おたねが笑顔で見送った。

六

陶工衆がやってきたのは、中食の支度も始まった頃合いだった。

弁当づくりの大詰めと、中食の支度が重なってしまったから、もう猫の手も借りたいくらいの忙しさだ。

むろん、本物の猫たちの知ったことではないから、さちとふじはのんびりと昼寝をしている。

「こりゃいけねえ。串は中食の後からでいいですかい？」

太助が声を張りあげた。

海老はふんだんに仕入れたのだが、弁当と中食の二股ではなかなかに大変だ。そこへ持ち帰り場の串まで加わったらとてもさばききれない。

「いいわよ。お弁当と中食を先に」

おたねが言った。

「はいよ」

太助がすぐさま答える。

「おまえさん、貼り紙を」

およしが口早に言ったが、貼る前に客が来た。

「海老の串は揚がってるかい？」

「今日はえびふらいの膳とお弁当で手が一杯で、ただの串に手が回らないんです」

およしが申し訳なさそうに言う。

「中食が終わったらやりますんで」

太助がそう言って貼り紙を出した。

本日の串
中食のあとからで

相すみません

お世辞にもうまいとは言いかねる字でしたためられている。

「とにかく、えびふらいだ」

太助は気合を入れ直した。

「小鯛も手が足りないね」

おりきが切迫した声をあげた。

「じゃあ、わたしが」

おたねが手伝いの名乗りを挙げた。

「わたしは？」

おかながわが胸を指さす。

「膳運びはまだ無理だから、飯をよそうのを手伝ってくれ」

誠之助が言った。

「はい」

おかなは力強くうなずいた。

ほどなく、陶工衆が弁当を取りに来た。中食を目当てにやってきた職人衆が見世の前に並びだす。いよいよ大変なことになってきた。

「相済みません。少々お待ちくださいまし」

おたねが陶工衆に言った。

「あと、もうちょっとなら、弟子、手伝わせるよ」

窯元の明珍がそう言ってくれた。

「盛り付けだけなら、おれらにもできるんで」

「早く花見に行きてえからよ」

「御殿山（ごてんやま）の桜が待ってるぜ」

気のいい陶工衆が手を貸してくれた。

「ありがたく存じます」

おたねが一礼する。

「なら、おいらたちもやるぜ」

「お嬢ちゃんばっかり気張らせてるわけにゃいかねえや」

「おう、飯と汁はおのれでよそうから、おかずだけやってくんな」

今度は職人衆がそう言ってくれた。

「そりゃありがてえ」

えびふらいを揚げながら、太助が言った。

「たれがついてないよ、この弁当」

おりきの声が響く。

「はい、ただいま」

およしがばたばたと動いた。

「どうぞお相席で」

おすみが客をさばく。

「おいらも運ぶよ」

春吉が名乗りをあげた。

「ひっくり返すなよ」

と、太助。

「分かってら」

そう言うなり、春吉はひょいと膳を持ち上げて歩きだした。

「よし、あと三つだ」

弁当の紐を結わえ終えた誠之助が言った。

「まもなく上がります」

聡樹のいい声が響く。

「みなで、やったら、早いね」

窯元が目を細めた。

ただ待っているばかりでなく、助けの手を貸してくれたから、花見の折詰弁当はどうにかすべて支度が整った。酒と茶の段取りもできた。

「お待たせいたしました。助かりました」

おたねはいくぶんかすれた声で言った。

「いただいて行きまさ」

「楽しみだ」

陶工衆が弾んだ声をあげた。

「なら、また、徳利、返しに」

明珍がいつものように間を入れながら言った。

「どうぞごゆっくり」

「楽しんできてくださいまし」

陶工衆を見送った夢屋の面々は、間髪を容れずに中食の膳に移った。

「いまから急ぎますんで」

「さーっとつくりまさ」

おりきと太助が調子よく言う。

「かなちゃん、もういいわよ。ありがとう」

おたねはおかなの労をねぎらった。

ここまで来れば、わらべの手はかえって足手まといになってしまう。

「えびふらいと小鯛と玉子焼き、それに具だくさんの味噌汁に小鉢に飯。こりゃ身の養いにもなりそうだぜ」

「いつもより飯の盛りもいいぞ」

客の評判は上々だった。

「はい、最後の玉子焼き、上がりました」

おたねが平たい鍋でつくった玉子焼きを巻き簀で巻いた。

いくらか粗熱が取れて切り分けて盛れば、中食の膳は終わりだ。

「ああ、なんとか間に合ったね」

おりきが額の汗をぬぐった。

「お客さんにも手伝っていただいたから」

おたねはそう言うと、ほっと安堵の息をついた。

第十章　二つの宴（うたげ）

一

葉桜の季（とき）も去り、花びらが数えるほどになったある日、夢屋の前にこんな立て札が出た。

本日、お花見の為、お休みさせていただきます
あしたは中食からひらきます
ゆめや

「なんでえ、休みかよ」
立て札の貼り紙を見て、いち早く中食に来た客が言った。

「花見って、遅かねえか」

そのつれが言う。

「いまは葉桜もいいとこだぜ」

「みちのくのほうじゃ満開だろう」

「みちのくまで行って、明日はまた中食をやるのかよ」

「そりゃご苦労なこった」

勝手なことを言って、客は去っていった。

その後も折にふれて客が足を運び、苦笑いを浮かべて帰っていった。

「串を楽しみにしてきたのによ」

「坂の上り損だぜ」

「まあ、いつもうめえもんを食わせてもらってるから」

「文句言ったら、罰(ばち)が当たるな」

べつの二人組がそんなことを言いながら去る。

於六屋の職人衆はあらかじめ知っていたが、たまたま伊皿子坂を通った。

「おまえらは留守番かい？」

見世の前でのんびりしている猫たちに声をかける。

「そりゃ、猫は花見をしねえや」

「ずいぶん遅い花見だがよ」

「おれらもつくってもらったが、今年は花見弁当づくりで忙しくて、なかなか行けなかったんだろう。気の毒なこった」

櫛づくりの職人衆は口々に言った。

「おかげで、よその連中に見せびらかしてやったがよ」

「おう、えびふらいがうまかった」

「花たまごもきれいでよ」

於六屋の面々は足を止めてなおもしゃべった。

「だがよ。今年はなんでまたあんなに競って弁当を頼むようになったんだ？」

「知るもんか」

「江戸っ子ってのは、そういうもんだからよ」

「そう、江戸っ子の性分」

話がそう落ち着いたところで、職人衆はまた伊皿子坂を下りだした。

二

花の盛りには花見客でこみ合う御殿山だが、すでに葉桜とあって人はすっかりまばらになっていた。

「かえって空いていていいね」

夏目与一郎が言った。

「そうですね。このあたりにしましょうか」

花茣蓙（はなござ）を背負った誠之助が言った。

「あんまり奥まで行くと、帰るのが大儀だから」

おたねが賛意を示す。

「なら、このへんで」

倹飩箱（けんどんばこ）を提げた太助が足を止めた。

折詰弁当は手分けして風呂敷包みを運んできたが、大徳利などは倹飩箱に入れてきた。

太助とおよしと春吉、それにおりき。

誠之助とおたねとおかな、さらに玄斎の姿もあった。診療所は津女と玄気に任せて、花見に加わっている。

常連からは夏目与一郎と平田平助。さらに、隠居の善兵衛と息子の善造。それに、駕籠屋の弟子筋の江戸兄弟の顔もある。

そして、晴れて夫婦になる聡樹とおすみが主役の趣で加わっていた。

「なら、広げるぞ」

誠之助が言った。

「おめえら、働きどころだ」

もと駕籠屋の善兵衛が江戸兄弟に言った。

「えっ、ほっ……」

「今日は違うからよ」

「おお、そうだった」

大仰な芝居をしてから、花茣蓙を広げる。

「おめえら、噺家にあきない替えしな」

善造があきれたように言った。

長屋をいろいろ持っていて暮らし向きは楽だから、それをいいことにほうぼうの寄席や芝居小屋などに足を運んでいるらしい。

江戸兄弟や太助などがばたばたと動いて、花茣蓙が敷かれ、花見弁当と大徳利などが据えられた。

「なら、お好きなところにお座りください」

おたねが笑顔で言った。

「おう、座って食おうぜ」

待ちきれないとばかりに、太助があぐらをかく。

「うん、おとう」

春吉も続く。

「四目先生は上座で」

誠之助が身ぶりで示した。

「花見の席に上座も下座もないだろう」

夏目与一郎が笑って答える。

「山のほうが上座でしょうかな」

平田平助があたりを見回して言う。

「上座があるとしたら、やっぱりおめでたいお二人に」

おたねが聡樹とおすみを手で示す。

「ああ、それがいちばんだね」

玄斎が笑みを浮かべた。

「いえ、婚礼の宴をやっていただくことになっていますから」

聡樹は固辞した。

川越(かわごえ)で診療所を開業している聡樹の父と母も呼び、夢屋で宴を行う段取りは整い、すでに日取りまで決まっていた。

「まあ、でも、せっかくだから」

おたねが山側の上座とおぼしいところを勧めると、今度は聡樹もおすみも素直に従った。

「なら、おまえが初めに開けなさい」

誠之助がおかなに言った。

「いいの？」

おかなが問う。

「おかなちゃんが花たまごを盛り付けたんだからね」

おりきが笑顔で言った。

内輪の花見弁当だからべつに要るまいと初めは思っていたのだが、おかながどうしても入れたいと言うので花たまごもあしらうことにした。手間はかかるが致し方ない。

「開けてごらん」

玄斎がやさしい表情で言った。

「うん」

売り物ではないから紅白の紐は用いなかった。蝶々結びにしたただの紐を外すと、おかなは折詰弁当の蓋を開けた。

「わあ、出てきた」

おたねが手を打つ。

「やっぱり花たまごがあるといいわね」

およしが言った。

「よし、食おうぜ、おとうが揚げたえびふらいだ」

太助がさっそく手に取った。

「おいらは甘だれで」

春吉が左のほうにつける。

見世で出している陶器のものを使うのはもったいないから、使い捨ての木の器に甘辛のたれをそれぞれ入れた。どちらが甘だれでどちらが辛だれか、色合いを見れば分かる。初めての客にはその旨を告げてから渡したから、どこからも文句は出なかった。

「うん、按配よく揚がってるぜ」

えびふらいを食した善兵衛が言った。

「小鯛もさすがの焼き加減だ」

善造も笑みを浮かべる。

「次はどれを食うか」

「箸が迷いっぱなし」

「駕籠屋を始めたころみてえで」

江戸兄弟は今日もにぎやかだ。

「おめえら、ずっと迷ってな」

善兵衛があきれたように言う。

「散らし寿司もおいしい」

おすみが笑みを浮かべた。

飯の折詰は、二種盛りにすることもなかろうと散らし寿司にした。

筍に薇(ぜんまい)に錦糸玉子に油揚げ。春らしい素朴な具だが、それがいい。

このほかに、おかずの折詰には青蕗(あおふき)とがんもどきの煮物や玉子焼きや高野豆腐などが見栄えよく盛り付けられている。心弾む二重の折詰弁当だ。

「しかし、こうして見ると、花盛りより葉桜の終わりごろのほうが風情があるねえ」

夏目与一郎が言った。

「ちょっとだけ残ってるのが乙ですな」

平田平助が湯呑みに注がれた酒を呑む。

「たしかに、一隅を照らすという趣で」

誠之助がうなずいた。

「どういうこと？　お父さま」

おかながたずねた。

「人が手に提げられる提灯は一つだけで、明るくできるのはこの世のほんのかぎられた隅っこだけだ。これを一隅と呼ぶ」

誠之助の言葉におかながうなずく。

「しかし、気張ってその隅っこを照らしていれば、ほかの人もそれぞれの持ち場を照らすようになって、やがては世の中が明るくなる。そういう教えだよ」

「いまは寂しい葉桜だけど、また春が巡ってくれば花盛りになるようなものよ」

おたねも言葉を添えた。

「医術も同じね」

おかなはまじめな表情で言った。

「そうだ。やがては医者になって、一人ずつ患者を治していけばいい」

誠之助は言った。

「孫に教えられるよ」

玄斎が笑う。

「跡継ぎができたね」

夏目与一郎が気の早いことを言った。

「お母さまは？」

おかなはおたねに問うた。

「お医者さんのこと？」

「うん」

おかながうなずく。

「わたしもお医者さんになるつもりだったんだけど、どういうわけか夢屋のおかみさんになっちゃって。その代わりに、かなちゃんがお医者さんになってね」

おたねは笑顔で答えた。

「うん、気張るから」

おかなは元気よく言った。

「おいら、腹をこわしたら診てもらうからよ」

春吉が言う。

「いいわよ」

おかなはすぐさま答えた。

「あっ、花びらが」

風に吹かれて飛んできたものを、おすみが指さした。

「よし」

聡樹が立ち上がってつかむ。

「お見事」

おりきがはやした。

「いい福をつかんだね」

おすみとの縁も踏まえて、夏目与一郎が言った。

「ほんに、おめでたいかぎりで」

おたねのほおにえくぼが浮かんだ。

三

四月の末のある日――。
夢屋の前に据えられた立て札に、こんな貼り紙が出た。

本日うたげの為、かしきりです
またのおこしをおまちしてをります
ゆめや

「あっ、そうか、今日は嫁入りの宴だったな」

そろいの半纏をまとった大工衆の一人が言った。

「だれの嫁入りでい？」

「おいらのせがれも教わってるおすみ先生が、聡樹先生とくっついたのよ」

「大工(でえく)じゃあるめえに、くっつくはねえだろう」

「なに、くっつくのに大工も寺子屋の先生もあるもんかい」

大工衆がしきりにさえずる。

「おめえんとこは、せがれを寺子屋にやってるからな」

「おう、大工だって読み書きくらいはできねえと。おすみ先生も聡樹先生も教え方がやさしくてうめえっていう評判だ」

「そりゃ似合いだぜ」

そんなやり取りを、夢屋の面々は料理の仕込みをしながら聞いていた。

婚礼と言ってもむやみに構えたものではなく、双方の親同士の顔つなぎも兼ねた内輪の宴だが、顔になる料理は要り用だ。

そこで、夢屋の常連でもある浜の漁師たちに声をかけておいたところ、ほれぼれするような鯛を何匹か入れてくれた。むろん、海老もふんだんにある。

白金村の杉造も、ここぞとばかりに玉子と鶏を運んでくれた。夏目与一郎は手塩にかけて育てた甘藍を採ってきてくれた。ほかの野菜も豊富だ。

「腕が鳴るね」

おりきが笑みを浮かべた。

「つくる順を間違えないようにしないと」

一緒に厨で手を動かしながら、おたねが言った。

「刺身を早くつくったら、ぱりぱりになっちゃうものね」

と、おりき。

「おいらも揚げたてを出すようにしねえと」

えびふらいの粉を細かく刻みながら、太助が言った。

「そろそろ、着付けを始めてる頃かしら、おすみちゃん」

おたねが言った。

金杉橋の大黒堂から夢屋まで、おすみと両親は駕籠でゆっくり来ることになっている。政太郎だけは徒歩(かち)だ。そちらのほうの手配はすでに終わっている。

「わたしも着たかったねえ、花嫁衣装」

おりきが言った。

亡くなった夫とともに料理屋を切り盛りするのが精一杯で、花嫁らしいことは何一つしなかったらしい。

「うへ、思い浮かべちまったぜ、おっかさんの花嫁姿」

太助が軽口を飛ばしたとき、表で人の気配がした。

貼り紙が出ているのに入ってきたなと思ったら、宗匠帽をかぶった窯元の明珍とその弟子だった。

「お祝い、持ってきたよ」

明珍は笑顔で言った。

「まあそれは、ありがたく存じます」

おたねが一礼した。

「今日はしくじりじゃねえんで」

弟子が重そうな風呂敷包みをかざした。

包みを解くと、中から現れたのは、息を呑むような大皿だった。

祝、と上品な字まで刻まれている。

「わあ、いいお皿ですね」

おたねが声をあげた。

「焼き鯛でも、刺身でも、ものすごく映えますよ」

と、おりき。

「しくじりでも上出来なのに、こりゃいいや」

太助が白い歯を見せた。

「なら、気張って、やってね」

厨の邪魔をしないように、明珍は心得てさっと右手を挙げて歩きだした。

「ありがたく存じました」

その背に向かって、おたねは改めて深々と頭を下げた。

四

夢屋に役者がそろってきた。

まずは川越から来た聡樹の両親だ。

父が政右衛門(まさえもん)で母が志(し)げ。診療所は医業を継いでいる長男と嫁に任せて江戸へ出てきた。昨夜は芝神明の旅籠に泊まり、聡樹とともにいま伊皿子坂の夢屋に着いたところだ。

「ようこそのお運びで」

おたねがていねいにおじぎをした。

「息子が世話になっております」

「このたびはお招きいただきまして」

聡樹の両親はやわらかな物腰で言った。

誠之助と同じ医者の玄斎も出迎え、互いにあいさつをして、まずは両親を小上がりの座敷に案内した。

聡樹とおすみがもちろん上座で、それぞれの親とおすみの兄の政太郎が同席する。それだけでもう座敷は一杯だ。

誠之助と玄斎、それに立会人役の夏目与一郎は一枚板の席に陣取る。座敷の膳は、晴れの日のために用意してある猫足の付いた麗々しい朱塗りのものだ。

「聡樹さんは座らないの？」

座敷に上がろうとしない聡樹に向かって、おたねが問うた。

今日は紋付き袴だから一段と凛々しく、ほれぼれするような男っぷりだ。

「花嫁を待ったほうがいいのかなと」

聡樹が少しあいまいな顔つきで答えた。

「その恰好で突っ立っていたら変だろう。先に座っていなさい」

師の誠之助が言った。

「それもそうですね。では」

聡樹は履き物を脱いで座敷に上がった。

膳の上にはすでに尾頭付きの焼き鯛や、縁起物の昆布や紅白のねじり蒲鉾などが据えられていたが、厨はまだ大忙しだった。

そろそろ刺身の盛り合わせの支度にかかってもよさそうだ。それに続いて揚げ物がある。

ほかにも料理は多士済々だ。

おかなは春吉とともに表で駕籠を待っていた。

「花嫁さん、まだかな」

おかなが小首をかしげる。

「花嫁さんって、おすみ先生だろう？」

「うん」

「なら、知ってる人だよ」

「でも、きれいな衣装を着てるのよ。どんなのかな」

おかなは期待のこもった声で言った。

そのうち、おたねも様子を見に来た。

「そろそろ来ますかい？」

持ち帰り場から、太助が言う。

「姿が見えたら、すぐ揚げ物を始めるんですって」

およしが言った。

「それだと早すぎないかい？」

おりきが厨から声をかける。

「いや、今日は大皿に見た目よく盛らなきゃならねえから」

今や遅しと腕まくりをして、太助が答えた。

「あっ、来た」

おたねが声をあげた。

伊皿子坂の下手から、見憶えのある駕籠が上ってきた。

「えっ、ほっ、まもなく夢が覚めます」

「えっ、ほっ、覚めてどうするんだよ」

「あっ、間違えた、夢屋に着きます」

江戸兄弟がにぎやかに掛け合いながら駕籠を運ぶ。

その後ろから、もう一挺の大きな駕籠がゆったりとついてきた。その前を小走りで進んでいるのは政太郎だ。

ほどなく、江戸兄弟の駕籠が着いた。

「花嫁さま」

「おなーりー」

名物駕籠屋の声が響く。

「お待ちしてました」

おたねの手を借りて、中からおすみが姿を現した。

「わあ、きれい」

おかなが弾んだ声をあげた。

綿帽子をかぶった白い小袖(こそで)に打ちかけ姿のおすみは、息をのむほど美しかった。

「すっころばなくて良かったな、兄ちゃん」

「おう」

江戸兄弟が笑みを浮かべる。

ほどなく、後ろの駕籠も着いた。

「お世話になります」

大黒堂のあるじが一礼した。

「このたびは、お世話さまで」

一緒に乗ってきたおかみも頭を下げた。

ずっと駕籠について走ってきた政太郎が額の汗をぬぐう。

これで役者がそろった。

五

大黒堂のあるじは大治郎、おかみはおさだといった。

聡樹の両親と初対面のあいさつを終えると、二人は跡取り息子の政太郎とともに座敷に上がった。

薬を入れているから玄斎とは面識があるし、夢屋ののれんをくぐったこともある。初めこそいくらか硬い表情だったが、固めの盃が滞りなく終わり、大皿と徳利が運ばれると、大黒堂のあるじとおかみの顔つきはだんだんやわらいできた。

「いつまでも習いごとばかりで、このままだと嫁に行き遅れるとやきもきしていたんです。このたびはまことにもって良縁に恵まれまして、ありがたいかぎりでございますよ」

おすみの父はそう言って、川越から来た医者に酒をついだ。

「うちの聡樹も、医業は継がぬとはいえ、いつまでも独り者ではと案じておりましたが、こちらこそありがたいことで。……まま、一杯」

今度は聡樹の父が薬種問屋のあるじに酒をついだ。

「お待たせいたしました。夢屋自慢のふらいの盛り合わせでございます」

初めの刺身の大皿が半ばほど平らげられ、「祝」という字が現れたのを見計らって、おたねが大皿を運んでいった。

海老に甘藷にはんぺん。真ん中に甘だれと辛だれを据え、周りをぐるりと串が取り囲んでいる。南蛮風の色絵の皿に盛られているからことに華やかだ。

「おお、これはおいしそうだ」

「天麩羅じゃないんですね」

聡樹の両親が言った。

「夢屋の名物で、佐久間象山先生が考案されたんですよ」

政太郎が教える。

「うちでは象山揚げとも呼んでいます」

一枚板の席から誠之助が言った。

「横浜ではずいぶん揚げました」

聡樹が大黒堂の二人に言った。

「ああ、さくっとしていておいしいね」

大治郎が食べるなり笑みを浮かべた。

「横浜から取り寄せた堅いパンを細かく砕いて揚げ粉にしているんです」

おたねが説明する。

「なるほど、今どきの味なんですね」

大黒堂のあるじがうなずく。

「ほんと、天麩羅よりおいしい」

おさだも笑みを浮かべた。

「たれが二種あるのもいいですね」

と、大治郎。

「どちらも風味があります」

政右衛門が言う。

「なら、辛いほうも試してみましょう」

志げがはんぺんの串を辛だれにつけた。

そんな按配で、揚げ物の残りがだんだん少なくなってきた。

それを見たおたねが動いた。

「鯛飯、いきましょうか」

厨のおりきに言う。

「あいよ」

打てば響くように女料理人が答えた。

「夢づつみもそろそろ」

「承知で」

段取りが進む。

「これで寺子屋の跡取りもできたね」

夏目与一郎が誠之助に言った。

「いや、まだそこまでは思案していなかったんですが」

誠之助が答える。

「人を育てるのは、これからの時代ではいちばんの仕事だからね。夫婦で力を合わせてやっていけばいいよ」

玄斎がそう言って控えめに酒を呑んだ。

「お手伝い、する」

いくらか暇そうにしていたおかなが言った。

「おいらも」

春吉も手を挙げる。

「そう。なら、こっちで取り分けて運びましょうか」

おたねが少し思案してから言った。

「そうだね。鯛はもう尾頭付きも出したんだから」

おりきが言った。

浜の漁師たちが気を入れて鯛を入れてくれたので、尾頭付きの塩焼きと刺身を出してもまだ余る。

そこで、鯛飯と潮汁も出すことになった。目の前で鯛をほぐして取り分けるのが見せ場だが、せっかくの話の腰も折ってしまう。あらかじめ厨で取り分け、椀を盆に載せて運ぶことにした。

「あんたたちには、鯛のあらをたんとあげるからね」

物欲しげに身をすり寄せてきたさちとふじに向かって、おたねは言った。

まもなく支度が整った。

「気をつけてね。ゆっくりでいいから」

おたねは二人のわらべに言った。

おかなが鯛飯、春吉が潮汁の盆を座敷に運ぶ。

「ありがとうな」

聡樹がさっと立ち上がって受け取る。

「えらいわね」

おすみも笑顔で教え子の労をねぎらった。

「孫は将来、医者になると言ってるんですよ」

玄斎が自慢げに言った。

「そうですか。いまいくつ？」

川越の医者が問う。

「六つです」

おかなは答えた。

「ほう、その歳で将来は医者というのは頼もしいね」

政右衛門が目を細める。

（この子の姉は、三つでもうそんなことを言っていたんです……）

そんな言葉を、おたねは呑みこんだ。

そう言ってしまえば、つらいことも告げなければならない。

「気張ってやってね」

志げがやさしい表情で言う。

「はいっ」

おかなは元気よく答えた。

「そのうち、うちの薬も使ってもらわないと」

大治郎が言う。

「わたしの代だから、おかなちゃんには安くしておくよ」

政太郎がそう言って湯呑みの茶を口に運んだ。

まったくの下戸(げこ)だから、茶で通している。おすみも固めの盃のあとはずっとお茶だ。

「おまえさん、ここいらでそろそろ」

おさだが大治郎に水を向けた。

「そうだね」

大黒堂のあるじはうなずくと、持参した小ぶりの風呂敷包みを手に取った。

「これはお荷物になってしまいますが、手前どもがあきなっております毒消散などの薬でございます。玄斎先生には使っていただいて、ご好評をいただいているのですが、どうぞお試しに」

大治郎はよどみなく言った。

「さようですか。それはそれは」

「ありがたく存じます」

川越の夫婦が頭を下げた。

「腹痛や食あたりには毒消散、熱さましには平癒丸、いずれも特効薬でございますから」

政太郎が口上を述べる。

「あきないが上手になったわねえ、お兄ちゃん」

花嫁がそう言ったから、夢屋の座敷に和気が満ちた。

ほどなく、夢づつみができあがった。

炮烙にだし入りの溶き玉子と下ゆでした海老や鶏肉などの具を入れ、天火（江戸時代のオーブンのようなもの）でじっくりと焼く。焼きあがったところで三つ葉を散らせば出来上がりだ。

「お待たせいたしました。夢屋名物の夢づつみでございます」

今度はおたねが盆を運んでいった。

鯛と海老はふんだんに出すものの、あまり構えた婚礼料理ではなく、夢屋の名物料理をおもに召し上がっていただくことにした。ことに夢づつみは祝いの宴には欠かせない料理だ。

評判は上々だった。

「江戸へ出てきた甲斐がありました」

「身の養いにもなりそうですね」

聡樹の両親は満足げだった。

「これには引札まであるんです」

おたねがそう言って、夏目与一郎が考案した文句を伝えた。


人生を封じ込めたる夢づつみ次なる夢はかならずかなふ

「それは、今日の祝いに合わせて文句を変えなきゃね」

夏目与一郎が海目四目の顔で身を乗り出してきた。

「どう変えられます?　四目先生」

おたねが問う。

小考ののち、元与力の狂歌師はこう答えた。


幸ひを封じ込めたる夢づつみ二人の夢はかならずかなふ

それを聞いて、雛人形のように並んだ若い二人が、互いの目を見て笑みを浮かべた。

終章　幸いのおすそ分け

一

五月になると、鰹の値もようやく落ち着いてきた。

夢屋でも好評の梅たたき膳を出した。ただのたたきとはひと味違う、梅肉だれで食す鰹だ。

「いくらか値は張るが、これは食わねえとな」

「初鰹には手が出なくたって、夢屋の梅たたきがあらあな」

なじみの大工衆が勇んでのれんをくぐってきた。

「初鰹が終わったと思ったら、もう月末には川開きだな」

「早(はえ)えもんだ」

べつの職人衆が言う。

それやこれやで、梅たたき膳はあっという間に売り切れて二幕目になった。

「これも祝いの宴に出したかったね」

まかないの甘藍焼きうどんをひと足早く食しながら、夏目与一郎が言った。

「祝いの顔にするにゃ、ちょいと荷が重かねえですかい、四目先生」

その隣で善兵衛が言う。

「はは、まかないはまかないか」

元与力の狂歌師が笑みを浮かべた。

「おっ、珍しい人が来たぜ」

持ち帰り場から太助が声をあげた。

「だれだい？」

おりきが問う。

「しばらく横浜へ行ってた人らだよ」

太助は答えた。

「あ、蘭丸さんと雛屋さんね」

おたねが出迎えに行った。

人なつっこいふじもひょこひょこついてくる。

総髪の画家と、雛屋の佐市が伊皿子坂を上ってくるところだった。ともに大きな嚢を背負っている。

「これで当分、堅パンは大丈夫ですよ」

蘭丸が軽く右手を挙げてから声をかけた。

「それはそれは、ありがたく存じます。助かります」

おたねが礼を言う。

「こちらは少々重かったですが」

佐市がやや大儀そうに言った。

「まあ何でしょう」

おたねが問う。

雛屋のあるじは、少し気を持たせてから答えた。

「ビアです」

二

「まあ、重かったでしょう」

ビアを受け取ったおたねが言った。

前に土産にもらったのと同じバース社のペール・エールだ。このたびは数があるから、雛屋の言い値で仕入れたところだ。

「いや、重かったのは駕籠屋さんですから」

佐市が笑みを浮かべる。

「一ダズンでしたからね」

と、蘭丸。

「一ダズン？」

「十二本のことを一ダズンと言うんです」

横浜帰りの画家が言った。

このたびは売り絵ばかりでなく、おのれの画才に忠実な絵も何枚か描いてきたらしい。

「さようですか。ビアを好まれるお客さまもおりますので」

おたねはそう言って軽く両手を合わせた。

「土産話はそれだけじゃないんです。ふふ」

佐市が珍しく妙な含み笑いをした。

「と言いますと？」

おたねが訊く。

「それは役者がそろってからで」

雛屋のあるじが答えた。

「気を持たせるね」

甘藍焼きうどんを食べ終えた夏目与一郎が言った。

「いや、いま言ってもいいんですが……あっ」

佐市は耳に手をやった。

「ちょうど終わりましたね」

総髪の画家が白い歯を見せた。

寺子屋が終わったようだ。

ほどなく、わらべたちのにぎやかな声が聞こえ、誠之助と聡樹とおすみが戻ってきた。

「ああ、これは、横浜からお帰りですか」

誠之助が声をかけた。

「さようです」

と、佐市。

「ビアを一ダズン仕入れさせていただきました」

おたねが告げる。

「押し売りみたいで相済みません」

雛屋のあるじはそう言うと、聡樹とおすみのほうを向いた。

「このたびはおめでたく存じます。これはささやかなお祝いで」

佐市はふところから袱紗(ふくさ)に包んだものを取り出した。

「まあ、お気遣いをいただきまして」

おすみが先に礼を述べた。

「ありがたく存じます」

聡樹も一礼する。

開けてみると、金彩が鮮やかな手鏡だった。

「わあ、きれい」

おかなが近寄って声をあげる。

「で、おめでたい話はほかにもあるんですよ」

蘭丸が思わせぶりに言った。

「おっ、とうとうだれかと夫婦になるのかい、蘭ちゃん」

持ち帰り場でわらべたちをさばきながら、太助が言った。

「残念ながら、わたしじゃないんだよ」

画家は苦笑いを浮かべた。

「すると、だれでしょう」

おたねが少し身を乗り出した。

「わたしが答えましょう」

雛屋のあるじがいくらか気を持たせてから言った。

「横浜の出見世の伝助さんです」

三

おめでたいことは重なるものだ。

横浜の出見世で気張って象山揚げを売っていた伝助に、思わぬ福が舞いこんだ。

あきないが繁盛し、書き入れ時には長い列ができて手が足りなくなってしまう。そこで、たまに内湯に入りに行く港屋のおかみに相談したところ、ちょうどいい縁者の娘がいるという。

ものは試しと手伝いを頼んでみたところ、異人相手でも臆せず働くし、声もよく出る。

何より明るい性分が気に入った。

おみちという娘のほうも伝助をひと目で好いたようで、あれよあれよというちに縁が結ばれ、いまはもう一緒に暮らしているという話だった。

「そりゃあ、何よりだね」

夏目与一郎が笑みを浮かべた。

「続けざまのめでた話じゃねえか」

善兵衛の顔もほころぶ。

「次に横浜へ行ったら、跡継ぎができているかもしれないね」

誠之助が言う。

「わがことのように嬉しいです」

聡樹が白い歯を見せた。

「聡樹さんから伝助さんへ、幸いのおすそ分けがされたみたい」

と、おたね。

「なら、象山揚げを買ったお客さんにもおすそ分けがあるかもしれないよ」

おりきが笑った。

同じころ――。

横浜の夢屋の出見世の前には、雲つくような大男たちが並んでいた。

「シュリンプ・オア・スイートポテイトー？」

伝助が問う。

「シュリンプ、ビター」

客が指を二本立てた。

「サンキュー」

元気よく答えたのはおみちだ。

伝助とともに手を動かしながら客をさばいていく。

「オー、プリティ」

「ベリー、テイスティ、ショウザンアゲ」

売り手も食べ物も、居留地の外国人たちに大人気だった。

やがて、串はすべて売り切れた。

「ありがてえことずら」

後片付けをしながら、伝助が言った。

「ほんと、毎日売り切れで」

おみちが笑みを浮かべる。

「おいらたちの食べる分がねえけど、仕方ねえずら」

と、伝助。

「港屋でぼうとる焼きでも食べましょう」

おみちが屈託なく笑った。

「銭もたまったし、まずは伊豆へ里帰りしておみちを紹介して、次は江戸だな」

出見世の掃除をしながら伝助が言う。

「伊皿子坂の本店ね。行ってみたい」

おみちの瞳が輝いた。

「おいらも行きてえずら。世話になったし」

伝助が笑みを浮かべる。

「あっ、晴れてきた」

おみちが空を指さした。

「ほんとだ」

伝助も見る。

さきほどまで曇っていたのだが、急に雲が切れて青空がのぞいた。

出見世を受け持つ若い二人は、天から横浜に降りそそぐ光をまぶしそうに仰いだ。

四

一ダズン仕入れたビアを出す日がやってきた。

武部新右衛門とともに、また福沢諭吉が夢屋ののれんをくぐってきたのだ。

見世には夏目与一郎と平田平助がいた。せっかくだから、三田台裏町の診療所まで太助が走って玄斎を呼んできた。患者の診療は津女と玄気でどうにかなるようだ。

「ああ、鰹のたたきで呑むビアはことのほかうまいですな」

福沢諭吉は満足げに言った。

「えびふらいはあいにく売り切れてしまったんですが、ほかの揚げ物をお持ちいたしますので」

おたねが少しすまなそうに言った。

「わたしはビアがあったら上機嫌で」

福沢は雛屋から仕入れたぎやまんの酒器をかざした。

ほどなく、揚げ物ができた。

じゃがたら芋の塩振りだ。

薄く切ったじゃがたら芋を揚げ、塩を振っただけの簡便な料理だが、風変わりな酒の肴になる。

「うん、こらうまい」

福沢諭吉が言った。

「わりといけますな」

武部新右衛門も言う。

「胡椒も振ったら、もっとビアに合いそうや」

と、福沢。

「では、次からそうしてみます」

おたねは笑顔で答えた。

「なら、象山揚げに続く諭吉揚げで」

夏目与一郎が思いつきで言った。

福沢は笑っただけで嫌とは言わなかったから、のちにそういう名で定まった。

その後は、前に話が出ていたフランスの万国博覧会の話になった。町人にも出展を募ったところ、あきんどから手が挙がり、数寄屋造りの茶室を出すことになったらしい。どうやら芸者まで同行するようだ。

「わたしも行きたかったんですけどなあ。なかなか都合がつきませんで」

福沢はやや不満げに言った。

「でも、海外渡航が解禁になったので、またそのうちお出かけになられるのでは？」

玄斎が問うた。

慶応二年の四月の七日に、海外渡航解禁の触れが出ていた。

「そうですねん」

気を取り直したように答えると、福沢はまたうまそうにビアを呑んだ。

「頭の固いやつらを相手にせんならん幕臣はもう飽き飽きで。来年にもまた洋行して見聞を広げて、思い切り書物を買うてこよと思てますねん」

福沢は妙な身ぶりをまじえて言った。

「象山先生がご存命なら、海外渡航解禁は遅きに失したと苦笑されたことでしょう」

誠之助が言う。

「表情まで目に浮かぶかのようです」

いくらか遠い目つきで、聡樹が言った。

「ほんまに、いちばん大事な時に」

新右衛門が嘆く。

「あとに残った者だけで、この世の中をなんとかしていかな。そのためには、人を育てることも大事や。あそこにいる女医者の卵はんみたいな子をちゃんと育てていかんと」

福沢は玄斎の隣にちょこんと座ったおかなを指さした。

「このあいだ、うちの医学書を何冊か貸したんですよ」

玄斎がさも嬉しそうに言った。

「おかげで、晩に読まされてます」

誠之助が告げる。

「それは何よりや。励みなさい」

福沢はおかなに言った。

「はいっ」

いい返事が響いたから、夢屋に笑いがわいた。

「わたしもいずれ蘭学塾をもっと充実させようと思てる。そのうち医学所も併設したいから、縁があったら入ってくれ」

福沢はずいぶんと気の早いことを言った。

「それはぜひ」

誠之助は乗り気で言った。

「おじさんの医学所で学ぶことになるかもって、かなちゃん」

おたねが笑顔で声をかけた。

「楽しみだな」

玄斎が笑う。

「はいっ」

おかなは重ねていい声を響かせた。


翌慶応三年（一八六七）一月、福沢諭吉は再び渡米し、見聞を広めるとともに大量の書物を持ち帰った。

福沢が帰国した六月から六か月経った十二月九日、王政に復古した。しかし、慶応四年（一八六八）一月一日に遡（さかのぼ）って明治と改元するという触れが出されたのは、慶応四年もかなり進んだ九月八日のことだった。

このなかったことにされてしまったまぼろしの慶応四年に、福沢諭吉は蘭学塾を移転させ、元号を冠した新たな名に改めた。

いまに続く慶應義塾である。

［主要参考文献］

『復元・江戸情報地図』（朝日新聞社）
日置英剛編『新国史大年表　六』（国書刊行会）
斎藤月岑著、金子光晴校訂『増訂武江年表2』（平凡社東洋文庫）
大平喜間多『佐久間象山』（吉川弘文館）
『福翁自伝』（青空文庫）
田中博敏『お通し前菜便利集』（柴田書店）
『一流料理長の和食宝典』（世界文化社）
現代語訳・料理再現　奥村彪生『万宝料理秘密箱』（ニュートンプレス）
富田仁『横浜ふらんす物語』（白水社）
小菅桂子『近代日本食文化年表』（雄山閣）

斎藤多喜夫『横浜もののはじめ物語』(有隣新書)
ウェブサイト「起源を紡ぐ　意図の糸」
ウェブサイト「れきこん」
「弁松」ホームページ

光文社文庫

文庫書下ろし／長編時代小説
慶応えびふらい　南蛮おたね夢料理(九)
著者　倉阪鬼一郎

2019年7月20日　初版1刷発行

発行者　鈴木広和
印刷　新藤慶昌堂
製本　ナショナル製本

発行所　株式会社　光文社
〒112-8011　東京都文京区音羽1-16-6
電話 (03)5395-8149　編集部
8116　書籍販売部
8125　業務部

ISBN978-4-334-77882-8　Printed in Japan

組版　萩原印刷